读客

读客悬疑文库

认准读客读悬疑，本本都是大师级。

IN THE MIDST OF DEATH

在死亡之中

[美] 劳伦斯·布洛克 著

姜伟 译

LAWRENCE
BLOCK

江苏凤凰文艺出版社
JIANGSU PHOENIX LITERATURE AND
ART PUBLISHING

图书在版编目（CIP）数据

在死亡之中 /（美）劳伦斯·布洛克
(Lawrence Block) 著；（当代）姜伟译．-- 南京：江
苏凤凰文艺出版社，2022.10
书名原文：In the Midst of Death
ISBN 978-7-5594-6610-5

Ⅰ．①在… Ⅱ．①劳… ②姜… Ⅲ．①推理小说－美
国－现代 Ⅳ．① I712.45

中国版本图书馆 CIP 数据核字 (2022) 第 030366 号

在死亡之中

［美］劳伦斯·布洛克 著　　姜 伟 译

责任编辑　丁小卉
特约编辑　顾珍奇　　徐陈健
装帧设计　陈绮清
责任印制　刘　巍
出版发行　江苏凤凰文艺出版社
　　　　　南京市中央路 165 号，邮编：210009
网　　址　http://www.jswenyi.com
印　　刷　三河市龙大印装有限公司
开　　本　890 毫米 ×1270 毫米 1/32
印　　张　6.25
字　　数　114 千字
版　　次　2022 年 10 月第 1 版
印　　次　2022 年 10 月第 1 次印刷
标准书号　ISBN 978-7-5594-6610-5
定　　价　39.90 元

江苏凤凰文艺版图书凡印刷、装订错误，可向出版社调换，联系电话：010-87681002。

谨以此书献给

一位不在的朋友

第一章

十月大约是纽约最好的季节。最后一丝暑热褪去，刺骨的寒冬还没有到来。

九月老是下雨，但现在雨季已过。污染比往常轻了，由于气温适度，空气似乎比实际上还要干净些。

我来到第五十几街与第三大道路口，在一处电话亭前驻足。角落里，一位老妇正撒面包屑喂鸽子，一边喂，一边“咕咕”呼唤。我确信城市条例中有这么一条：禁止喂鸽子。警局在向菜鸟解释法律时，总爱引用这项条例，告诉他们除了务必执行的条例之外，这样的条例不妨直接忘掉。

我走进电话亭。不出所料，内急之人不止一次把这里当成公厕。好在电话还能用。多数公用电话眼下都能用，而五六年前，多数户外电话亭都不中用。看来，这世界并非一切都在变坏，有些方面实际上有所好转。

我给波西亚·卡尔打电话。她的留言机总是在第二声铃响时启动，所以铃声第三次响起时，我以为拨错了号码，开始想当然地觉得每次给她打电话她肯定不在家。

可是，她接了电话。“喂？”

“是卡尔小姐吗？”

“我就是。”声音不像留言机上那么低沉，英国上流社会的伦敦腔不那么显著了。

“我叫斯卡德，”我说，“我想去看看你。我就在附近，而且——”

“非常抱歉，”她打断了我，“我已经不再见客。谢谢。”

“我想——”

“你打给别人吧。”她挂断了电话。

我又找出一枚一角硬币，打算投币再打，但转念一想，又把硬币放回口袋。我朝闹市方向走两个街区，又往东走一个街区，来到第二大道和五十四街路口，看见一家有付费电话的便餐馆，从餐馆可以看见她家大楼的入口。我投币拨打她的号码。

她一接通电话，我就说：“我叫斯卡德，想和你谈谈杰瑞·布罗德菲尔德的事。”

电话那端一阵踌躇：“你是哪位？”

“我告诉过你。我叫马修·斯卡德。”

“你刚才打过电话。”

“对。你挂断了。”

“我以为——”

“我懂得你的心思。我想跟你面谈。”

“非常抱歉。你也清楚，我不接受采访。”

“我不是记者。”

“那你想干什么？”

“等见面就知道了。卡尔小姐，我想你最好见见我。”

“没这个必要。”

“这由不得你。我就在附近，五分钟就能到你的住处。”

“别，求你了。”电话那端又是一番踌躇，“我跟你说，我刚从床上爬起来。给我一个钟头。能给我一个钟头吗？”

“要是必须的话。”

“说好了，一个钟头后你过来。你有地址吧？”

我告诉她我有，挂断电话，端来咖啡和面包卷，坐到餐台前，面对窗户，留意着她住的大楼。咖啡渐凉，可以入口时，我初次目睹到她的尊容。她仅仅花七分钟时间就走上街头，由此看来，通话时她就已经穿戴好了。

认出她不是难事，单凭描述就能锁定——她头发暗红如鬃，似烈火在燃烧，身材高挑，整个人如一头威风凛凛的母狮，女王范儿十足，气度不凡。

我起身向门口走，准备随时知道她要去哪里，随时尾随。但她径直朝餐馆走来。她一进门，我立即转身，回去喝咖啡。

她径直走向电话亭。

对此我不觉得诧异。被窃听的电话太多，每个作奸犯科之徒，每个政治活跃分子，都认为所有电话都被监控了，都很小心。重要通话和敏感通话是万万用不得自家电话的。而这是离她家最近的公用电话。这是我选择这部电话的原因，也是她此刻使用这部电话的原因。

我向电话亭移近些，只是为了让自己确信这样做没有任何好处。我看不见她拨的号码，也完全听不清她说什么。一旦证实了这一点，我便付了茶点钱，离开餐馆。

我穿过马路，向她的公寓楼走去。

此举实在是冒险。倘若她打完电话，跳上出租车，我就会与她失之交臂。我花了大量时间才找到她，可不想跟丢她。我想知道她此刻跟谁通话。如果她不知所终，我想知道她的下落，想知道她为什么要去那里。

但我判断她不会搭出租车，她连钱包都没有带。如果她打算去什么地方，她可能先回家拿手袋，并往行李箱中塞些衣物带上。她和我已经商定，给她留一小时的余地。

所以我准备去她住的公寓。我发现门房是个小伙子，少白头，有着一双实诚的蓝眼睛，颧骨上患有毛细血管断裂形成的皮疹。小伙子看起来似乎对自己的制服特别自豪。

“我找卡尔。”我说。

“她一分钟前刚走。您刚好错过了，不超过一分钟。”

“我知道。”我拿出钱包，“啪”地打开，在他眼前晃了一下。钱包里什么都没有，甚至连初级联邦调查局特工徽章都没有，但这无关紧要，重要的是招式要唬人，首先动作要对，同时样子看起来要像警察。他只见皮革快速闪动一下，有了印象，自然如我所料地折服了，如果要求细看，就属于自讨没趣了。

“她住哪间公寓？”

“我会惹麻烦的，希望您别这样。”

“只要你照章办事，就不会惹麻烦。她住哪间公寓？”

“四楼G号。”

“把总钥匙给我，哈？”

“职责所在，恕难从命。”

“啊哈。想去市局谈谈吗？”

他当然不想去。他恨不得让我去死，但这话又不便说出口，只得乖乖交出钥匙。

“她几分钟后就回来。不许告诉她我在楼上。”

“我不喜欢这样。”

“你用不着喜欢。”

“她人很和善，向来对我很好。”

“过圣诞节时出手大方，是吧？”

“她特别和蔼可亲。”他说。

“我相信你们的关系很好。休想给她通风报信，我会知道的，知道了就会不高兴。听明白了吗？”

“我什么都不会说。”

“钥匙会还给你的。别担心。”

“这是最起码的。”他说。

我乘电梯到四楼。G字号公寓临街，我坐在窗前，盯着便餐馆入口。从这个角度看不出电话亭里是否有人，她可能已经离开，也可能躲到拐弯处坐上了出租车，但我判断她不会溜走。我坐在椅子上等待，大约十分钟后，她从便餐馆出来，站在角落里，身材修长，亭亭玉立，引人注目。

她久久立在原地，显然不知如何是好。我看出她内心犹豫不决。她差不多可以朝任何方向走。但过了一会儿，她决然地转过身，向我这儿走来。我一口气不知憋了多久，此刻终于放松了。我安坐下来，静静等她。

我听到钥匙插进锁里的声音，便从窗口走出来，将身体贴靠在墙上。她开门进屋，随手关门，上了门闩。她闩门的一套动作十分高效，可惜我早已候在门里。

她脱下浅蓝色风衣，挂在前壁橱里。风衣下面穿的是一条及膝的格子裙和一件剪裁得体、领口有纽扣的黄衬衫。她双腿颀长，体格强健。

她又转过身。趁着她的目光还没有落到我站立的地方，我说：“你好，波西亚。”

她抬手捂住嘴，遮住差点发出的尖叫声，整个人僵在原地，全靠脚尖维持身体的平衡。过了片刻，她才凭借意志力将捂着嘴的手放下来，脚跟重新踩回地面。她深吸一口气，让自己全靠这一口气撑着。一开始，她的气色非常好，肤色白皙，但此刻她的脸脱了色，仿佛漂白了一般。她将手捂到心口上。这姿态显得太戏剧化，太没有诚意。她自己仿佛也意识到了，又放下手，深深呼吸了几次，吸气、呼气，吸气、呼气。

“你的名字是——”

“斯卡德。”

“你刚才打过电话。”

“是的。”

“你答应过给我一小时的时间。”

“我的手表最近走得快。”

“着实太快了点。”她又深深吸一口气，慢慢吐出来，闭上眼睛。我从靠墙的位置走出来，站在房间中央，离她只有几步远。她看上去不像那种容易晕倒的人。如果是的话，她可能早就晕倒了。可是她的脸色仍然十分苍白。万一她要跌倒，我也好冲过去，抢在倒地前把她接住。但她的脸色渐渐恢复，眼睛也睁开了。

“我需要喝点什么，”她宣布，“你想喝点什么吗？”

“不了，谢谢。”

“那我就自斟自饮啦。”她去了厨房。我不远不近地跟着，不让她离开视线。她从冰箱里取出一瓶还剩下五分之一的苏格兰威士忌和半瓶苏打水，分别往杯子里倒了大约三盎司。“我不加冰，”她说，“我不喜欢冰块碰撞牙齿的感觉，但习惯喝冰镇饮料。你知道，这里的房间比较暖和，室温的饮料根本不能喝。你确定不跟我喝一杯吗？”

“现在不行。”

“那我只好先干为敬啦。”她长长地喝了一口，一饮而尽。我看见她喉咙的肌肉蠕动了一下。多么修长、秀丽的脖子啊！她天生的英国皮肤完美至极，用语言简直无法形容。我身高大约六英尺，她至少和我一样高，甚至比我还要高一点。我想象着她和杰瑞·布罗德菲尔德在一起的情景。杰瑞·布罗德菲尔德大约比她高四英寸，论气场或许能够和她相配。他俩要是结成一对，肯定特别亮眼。

她又吸一口气，打了个寒战，把空杯子放进水槽里。我问她是否还好。

“哦，感觉好极了。”她说。她的眼睛是淡蓝色的，接近灰色，嘴唇丰满，但没有血色。她从我身边走过，我迈步让到一边。她走进客厅，从我身边经过时，臀部刚好似有似无地擦过我。只轻轻撩拨一下足矣，绝不至于过分露骨，露骨有失她的身份。

她坐在石蓝色沙发上，从放在透明的有机玻璃茶几上的柚木盒子里取出一支小巧的雪茄，点燃一根火柴，指指盒子，让我自便。我告诉她我不吸烟。

“雪茄不适于深吸，所以我才改吸雪茄的，”她说，“可我照样改不了深吸的习惯。当然，雪茄比香烟有劲。你是怎么进来的？”

我举起钥匙。

“蒂米给你的？”

“他不想给，可我没有给他太多选择。他说你一向对他很好。”

“我没少打点小费给这个该死的小傻瓜。知道吗，你吓我一跳。我不知道你想要什么，也不知道你为什么来这儿。其实，我都不知道你是谁。我好像已经忘了你的名字。”我再次报上姓名。“马修，”她说，“我不知道你为什么来这里，马修。”

“你去便餐馆给谁打电话？”

“你在那里？我没注意到你。”

“你给谁打电话？”

她借抽雪茄拖延时间，眼神变得若有所思。“我不会告诉你的。”她终于说。

“为什么要指控杰瑞·布罗德菲尔德？”

“因为敲诈勒索啊。”

“卡尔小姐，为什么？”

“你之前直接叫我波西亚来着。如果不为别的，难不成是为了制造冲击效果？警察简直是剥皮机，都是狠角色，见面就直呼其名，就为了表示对你的蔑视，就为了给自己某种心理上的优势，不是吗？”她扬起雪茄指着我，“你，你不是警察吧？”

“不是。”

“可是你身上有些警察的影子。”

“以前做过警察。”

“啊。”她满意地点点头，“你当警察时认识杰瑞吗？”

“那时还不认识。”

“但现在认识了。”

“没错。”

“你是他的朋友吗？不，不可能。杰瑞没有朋友，对吗？”

“没有吗？”

“几乎没有。要是你了解他，你自然明白。”

“我不太了解他。”

“我估摸没人能跟他做朋友。”她又吸一口雪茄，小心地将烟灰弹进一个刻有纹饰的玻璃烟灰缸里，“杰瑞·布罗德菲尔德有熟人，有好些熟人，但恐怕满世界里连一个朋友都没有。”

“你肯定不是他的朋友。”

“我从没说过我是。”

“为什么要指控他敲诈勒索？”

“因为指控是真的啊。”她勉强挤出一丝微笑，“他坚持要我给他钱，每周一百美元，否则就找我的麻烦。你知道，妓女都是可怜人，容易受到伤害。考虑到很多男人肯花巨资跟一个尤物上床，每周一百美元也不算多。”说到尤物时，她用手比画着，指指自己的身体。“所以我给了他钱，”她说，“他要多少就给多少，还要随时满足他的欲望。”

“有多久？”

“通常一次大约一小时。问这个干吗？”

“我是问你付钱给他持续多久了？”

“哦，我也不确定，应该一年左右吧。”

“你来这个国家多久了？”

“三年多一点。”

“你不想回去，是吗？”我站起来，走向沙发。“他们可能就是这么下钩的，”我说，“要么按他们的套路玩，要么就把你当作不受欢迎的老外，驱逐出境。他们就是这样胁迫你的吧？”

“这话说的。不受欢迎的老外。”

“他们是不是这样——”

“大多数人都觉得我是高度受欢迎的老外，恨不得要吃了我呢。”她用冷淡的目光向我挑战，“我想你对这个没有异议吧？”

她在挑逗我，弄得我心烦意乱，差点他妈的把持不住。我不太喜欢她，怎么就着了她的道儿？我记起伊莱恩·马德尔说过的话，大意是说波西亚·卡尔的客户名单中有很大一部分是受虐狂。我从来没有真正理解受虐狂，但在她面前的几分钟就足以让我意识到，受虐狂会发现这个特别的女人是他性幻想的完美组成部分。而且，在某种不同的方式上，她也恰好适合我自己的幻想。

有那么一阵子，我俩不停地兜圈子。她坚持说布罗德菲尔德的确在勒索她的钱财，我则试图使她绕过这个，说出是谁诱使她对布罗德菲尔德下手的。我们都毫无进展。换言之，我一无所获，她也没有出路。

所以我说："听着，这事说到底一点都不重要。不管他是不是从你那里搞钱，也不管是谁让你对他提出指控。"

"我的天使，那你为什么到这儿来，为了寻爱吗？"

"重要的是，怎样才能让你撤销指控。"

"急什么？"她笑了，"杰瑞还没有被逮捕呢，对吗？"

"你不会一条道跑到黑，把这事弄到法庭上去的，"我接着说，"你需要证据才能拿到起诉书，要是有证据，起诉书早该出来了。你这么做只是为了抹黑他而已，这对他来说是一个尴尬的污点，他想把污点抹掉。你出个价，怎样才能撤销指控？"

"杰瑞一定知道该怎么做。"

"哦？"

"他要做的就是停止做他一直在做的事。"

"你是说他和普雷亚尼安做的事？"

"我是这个意思吗？"她已经抽完雪茄，又从柚木盒子里拿出一支，但没有点燃，只是拿在手里把玩。"也许我没有什么意思。凡事都要讲究证据。这是我比较喜欢的美国精神。咱们看看记录。杰瑞当了这些年警察，一直干得很漂亮，在森林山弄了一座迷人的别墅，娶了个有女人味的老婆，生了三个可爱的儿女。你见过他老婆吗？"

"没见过。"

“我也没见过，但我见过他们的照片。美国男人可真了不得，刚刚还给你看老婆孩子的照片，看完就想和你上床。你结婚了吗？”

“离了。”

“你没离婚时是不是也爱胡搞？”

“偶尔。”

“但你没有到处展示照片，对吗？”我摇摇头。“不知怎的，我认为你不会。”她把雪茄放回烟盒，直起腰，打个哈欠。“不管怎么说，他自己不干不净，却跑到那个特别检察官那里去告状，长篇大论地说起警察腐败来，还开始接受报纸采访，向警察局请假。突然间，他陷入困境，被指控勒索一个可怜的妓女，一周一百美元。这让你感到疑惑，是不是？”

“他必须要这么做吗？只要放弃普雷亚尼安，你就放弃指控？”

“我没有直截了当地这么说，是不是？不管怎么说，用不着你到处打听，他肯定知道。我的意思是，事情明摆着，你说呢？”

我们又兜了些圈子，依旧毫无结果。我不知道自己希望完成什么，也不知道当初为什么要拿布罗德菲尔德五百美元。有人已经把波西亚·卡尔吓坏了，尽管我机关算尽，偷偷溜进她的住处，但我竭尽所能，再怎么吓她都无济于事。与此同时，我俩不得要领地聊着，自然，双方都意识到这样毫无意义。

“太荒唐了，”她一度说，“我要再喝一杯。想和我喝一杯吗？”

我特想喝一杯。“我就算了。”我说。

她在去厨房的路上轻轻蹭了我一下，送来一股浓郁的香水味。我不知道是什么香水，但是断定下次再闻到一定能识别出来。她手里拿着一杯酒水回来，又坐在沙发上。“太荒唐了，”她又说，“你为什么不来挨着我坐，我们谈些别的。什么都不谈也好。”

“波西亚，你会有麻烦的。”

她脸上露出惊恐之色。“可千万别这么说。”

“你这是把自己往旋涡里推。你是个坚强的姑娘，但可能没有你想象的那样坚强。”

“你是在威胁我吗？不，这不是威胁，对吗？”

我摇摇头。“用不着担心我会把你怎么样。不过，少了我，就有你焦虑的了。”

她垂下眼睛。“我厌倦了坚强，厌倦极了，”她说，“你知道，我擅于装出坚强的样子。”

“我相信你很擅长。”

“但是很累人。”

“也许我可以帮到你。”

“没有人能帮到我。”

“哦？”

她略一端详我，又垂下眼睛。她站起来，走到窗前。我本可以从她身后跟上去。从姿态判断，她也正有此意。但我留在原地没动。

她说：“动心了，对吗？”

“有点。”

“但目前不行。时机完全不对。”她遥望窗外，“眼下我们俩谁都不能给对方带来好处。”

我什么也没说。

“你还是走吧。”

“好吧。”

“外面真美。阳光，清新的空气。”她转过身，凝视着我。“你喜欢一年中的这个时候吗？”

“当然。非常喜欢。”

“我最喜欢这个季节。十月、十一月是一年中最美的时光。但也是最哀伤的，你说呢？”

“哀伤，为什么？”

“哦，特别哀伤，”她说，“冬天就要来了。”

第二章

我出去时，把总钥匙交还给门房。尽管看到我终于离开，门房却似乎一点也高兴不起来。我走到第二大街，进入约翰尼·乔伊斯酒馆，坐到卡座里。吃午饭的人多已散去。剩下的人多贪了一两杯马天尼酒，可能回不成办公室了。我就着哈普牌淡啤酒，吃了一个汉堡，又喝了几杯加了咖啡的波本威士忌。

我试着打过布罗德菲尔德的号码。电话铃响了一会儿，没有人接。我回到自己的卡位，又喝了一杯波本威士忌，理了理思路。有些问题我似乎无法回答。为什么我这么渴望喝一杯，而波西亚·卡尔提议喝一杯时我却拒绝了呢？为什么（如果不是同一问题的另一个版本的话）我要放弃波西亚·卡尔本人的投怀送抱，与之失之交臂呢？

我走到西四十九街，进入圣马拉奇演员礼拜堂，脑袋里还在思考。礼拜堂地势低于街道，只有一间朴素的大房间。在喧嚣的百老汇剧院区中心，难得有这么一处稍许和平、安静的所在。我找个靠过道的座位坐下，任思绪飘散。

很久以前，我认识的一个女演员告诉我，她没有工作的日子，每天都来圣马拉奇礼拜堂。“马特[①]，我不是天主教徒，我也不知道这个是否要紧。我认为是不是天主教徒没关系。我做点祷告，点燃小蜡烛，祈求工作。也不知道这是否灵验。你觉得向上帝求一个体面的角色可以吗？”

我一定在教堂坐了将近一小时，思来想去，脑子里乱成一团。出去时，我往济贫箱里投入几美元，点亮几根蜡烛，但没有做祷告。

我在下榻旅馆对面的波莉笼子酒吧消磨了大半个晚上。恰克在吧台后面忙活，他心情豁朗，豪爽起来，客人每喝一轮，店里就免费一轮。下午晚些时候，我联系过客户，简要地汇报了与卡尔会面的情况。他问我接下来要做什么，我说我得想办法完成任务，如果有什么他应该知道的，我会联系他。那天晚上，没有出现他应该知道的信息，所以没必要打电话给他，也没有任何理由打电话给别人。我在旅馆里收到一条电话留言，安妮塔打过电话，让我回电话。但那天晚上不同以往，我提不起心情和前妻说话。我逗留在波

① 马特（Matt）：马修·斯卡德（Matthew Scudder）的昵称。——译者注（若无特别说明，本书注释均为译者注）

莉笼子酒吧，恰克一次次给我斟满酒，我一次次喝光杯中的酒。

十一点半左右，几个青年进来，在自动点唱机上播放音乐，只播放乡村音乐和西部音乐。这个我通常都能忍受。我什么都能忍受，但不知什么原因，当时却听不下去。我结完账，转过街角，到阿姆斯特朗酒吧，唐把收音机调到WNCN台，播放的是莫扎特的音乐，酒客稀疏，你甚至能听清收音机里的音乐。

“他们卖掉了电台，”唐说，“新东家正在转向流行摇滚模式。这个城市除了摇滚电台就是摇滚电台。”

“世风日下。”

“这一点无可辩驳。有人在搞抗议运动，想迫使他们继续执行古典音乐路线。抗议也白抗议，无济于事，你说呢？”

我点头称是：“根本无济于事。”

“嘿，你今晚心情很好。我很高兴你决定在这里传播愉快和光明，而不是自己在房间里关禁闭。”

我往咖啡里加入波本威士忌，搅拌一下。也不知道为什么，就是心情不好。知道是什么在困扰你时，就已经够糟了。倘若有恶魔折磨你，却又形迹全无，与之抗争更是难上加难。

我做了个怪梦。

我不怎么做梦。酒精的作用是让睡眠程度更深，深过做梦的层次。有人告诉我，震颤性谵妄代表灵魂对获得梦想机会的执着，既然睡着时不能做梦，就只能醒着时做梦了。我没有患震颤性谵妄，却能享受无梦睡眠，我暗自庆幸。曾经有一段时间，这本身就成了我酗酒的充分理由。

但那天晚上我做梦了，让我感觉很怪。她，就是波西亚，出现在梦里，身材高挑，美貌出众，嗓音深沉，满口纯正的女王腔。我们坐在一起聊天，我和她，但不是在她的公寓里，而是在警察局。我不清楚是在哪个辖区，但记得我在那里感觉很自在，有可能是我曾经驻扎过的地方。有穿制服的警察四处走动，有市民投诉，梦中的其余各色人等也都扮演着各自的角色，与警匪片中的场景别无二致。

我和波西亚身处其中，赤身裸体。我们本来要做爱，但要做爱，必须先交谈，建立起某种情调来。我想不起究竟调出了什么样的情调，只记得谈话没完没了，越来越抽象，反正我俩没能更接近卧室。谈着谈着，电话铃响了，波西亚伸手接电话，发出的却是她录在电话答录机中的声音。

可电话铃依旧响个不停。

当然，响起的是我的电话，我把铃声融入了我的梦乡。要不是电话铃把我吵醒，我相信我最终醒来时会完全忘记这个怪梦。我摇醒自己，甩掉梦痕，摸索着找到电话，拿起听筒，凑到耳边。

“喂？”

“马特，很抱歉吵醒你。我——”

“你是哪位？”

“杰瑞。杰瑞·布罗德菲尔德。”

我就寝时通常把手表放在床头柜上。我胡乱摸索，却找不到。我说："布罗德菲尔德？"

"我猜你在睡觉。听我说，马特——"

"现在几点钟？"

"六点多几分。我实在——"

"天哪！"

"马特，你醒了吗？"

"可恶，醒了。天哪，我是说过给我打电话，可没说过半夜给我打啊。"

"是这样，紧急情况。能听我说吗？"我第一次意识到他声音里含着紧张。这种紧张肯定一直都在，只是我之前没有注意到。"很抱歉吵醒你了，"他说，"我好不容易逮到机会打个电话，也不清楚会允许我打多久。听我说几句。"

"你他妈的到底在哪儿？"

"男子拘留所。"

"死人墓？"

"没错，就是死人墓。"他语速加急，好像要抢在我再次打断他之前把话一股脑儿都说出来。"他们早就等着我了。在我的公寓。他们早就在巴罗街等着我了。我大约两点半回到那里，他们在等我，这是我第一次逮到机会打电话。我一和你说完，就给律师打电话。但我需要的不仅仅是律师。马特，他们把一手牌安排得太好了，纵使有诈，再高明的律师也无法扭转乾坤，陪审团那一关就过不了。他们揪住了我的命根子。”

“你是什么意思？”

“波西亚。”

“波西亚怎么了？”

“昨晚有人把她杀了。也不知道是勒死的，还是怎么着，有人把尸体丢在我的公寓里，把消息捅给了警察。我不清楚全部细节，反正把我记录在案了，认定是我干的。马特，我没杀人。”

我没说什么。

他提高了嗓音，近乎歇斯底里：“不是我干的。我为什么要杀那个淫妇？杀就杀了，为什么要把尸首留在自己的公寓里？完全没有道理嘛，于情于理都说不过去。马特，这全是栽赃陷害，想把我套牢。马特，我算是掉进陷阱里了！”

“别紧张，布罗德菲尔德。”

沉默。我想象着他咬紧牙关，强迫自己控制住情绪，仿佛驯兽师向满笼子的狮子、老虎啪啪地甩鞭子一般。“对。”他的声音又干净利落了，“我精疲力竭，情绪有点失控。马特，这次我需要帮助。马特，我需要你的帮助。你开个价，要多少我给多少。”

我叫他先别挂电话。我大概睡了三小时，终于清醒过来，意识到自己感觉有多糟糕。我放下电话，走进浴室，往脸上泼冷水。我小心翼翼地不去照镜子，心里很清楚镜子中那副怒视我的尊容会是什么样子。梳妆台上，一夸脱装的波本威士忌还剩下一英寸深。我拿起瓶子，嘴对嘴喝了一大口，打了个寒战，又坐回床上，拿起电话。

我问他是否已经立案。

“就在刚才。案由是杀人。一旦立案，就不能不允许我打电话了。知道他们做了什么吗？他们在逮捕我时告知了我的权利，给我宣读整个米兰达规则。我给那些坏蛋念了无数遍该死的米兰达规则，谁能数得清？这可倒好，他们却非得一字不漏地念给我听。”

“想好要找的律师了吗？”

“想好了。应该很优秀，但律师再有本事也无济于事。”

“嗯，我不知道有什么能效劳的。”

“你能来一趟吗？现在不行，现在不允许我见任何人。等一下。”他一定扭过头去了，我听到他在问一个人什么时候允许会见。“十点钟，”他告诉我，“你能在十点到中午之间到这儿来吗？”

“应该能。”

“马特，我有很多话要跟你讲，但电话里不方便说。”

我告诉他十点后见他。我把听筒放回支架，打开波本威士忌，又尝了一小口。我的头隐隐作痛。我察觉到，应对头疼，波本威士忌终究不是最佳选择，却又想不出更好的办法来。我回到床上，拉起毯子盖上。我需要睡眠，也知道根本睡不着，但这样至少可以再躺上一两小时，得到些许休息。

我想起被电话硬生生吵醒的梦。梦境清晰地闪过，我不由颤抖起来。

第三章

事情还要从两天前，一个冷飕飕的星期二下午说起。我在阿姆斯特朗酒吧开始了新的一天，像往常一样，用咖啡和波本威士忌来平衡生活，喝咖啡让生活节奏加快，喝波本威士忌则让生活节奏慢下来。我当时正在看《邮报》，完全沉浸在所阅读的内容中，甚至没有注意到他把我对面的椅子拉开，坐了下去。他清了清嗓子，我才抬头看见他。

他是个小个子，一头浓密的黑色卷发，两颊凹陷，前额突出，下巴上留着山羊胡，上唇刮得干干净净，双眸被厚厚的眼镜放大，呈深棕色，充满活力。

他说："马特，忙吗？"

"不算忙。"

"想和你聊一会儿。"

“当然可以。”

我认识他，不是很熟。他叫道格拉斯·福尔曼，是阿姆斯特朗酒吧的常客。他酒喝得不多，每周都来四五次，有时带个女伴，有时独自一人，通常喝啤酒，聊一会儿体育、政治或其他时新话题。据我所知，他是作家，不过，我不记得听他讨论过自己的作品。但他显然做得很好，所以不需要上班。

我问他有何贵干。

“马特，我有个熟人想见你。”

“哦？”

“他想雇你。”

“带他过来。”

“这可办不到。”

“哦？”

福尔曼正要开口，却欲言又止。翠娜走过来，问他想喝点什么，他点了一杯啤酒。我们尴尬地坐在那里，等翠娜去拿啤酒，端上来，又走开。

他接着说：“情况复杂。他不能在公众场合露面。他，唉，躲起来了。”

“谁躲起来了？”

“这可得保密。”我白了他一眼，“好吧，好吧。假如你面前的是今天的《邮报》，也许你已经读到过他的事了。反正你也会读到的，过去几周，报纸上到处都是报道他的消息。”

“他叫什么名字？”

“杰瑞·布罗德菲尔德。”

“是吗？”

“他现在火着呢，”福尔曼说，“自从那个英国女人起诉他以后，他就一直躲在外面。但总躲着也不是个事儿。”

“他藏在哪里？”

“在他自己的公寓里。他想让你到那里去见他。”

“到哪里？”

“村里[1]。”

我拿起一杯咖啡，看着杯子里面，好像杯子要告诉我什么似的。“为什么看中了我？”我说，“他认为我能为他做些什么呢？我不明白。”

“他要我带你去那儿，”福尔曼说，“马特，不会让你白干的。怎么样？”

我们乘出租车沿第九大道行驶，到贝德福德附近的巴罗街停下来，福尔曼付了车费。我们进入一幢五层楼房的前庭。半数以上的门铃没有识别标签。要么是这栋楼面临拆除，正被腾空，要么是众房客和布罗德菲尔德一样，都不希望暴露身份。福尔曼抬手去按一个没有标记的门铃，按了三次按钮，等一会儿，又按一

① 指格林威治村（位于纽约曼哈顿，是艺术家、作家的聚居地）。

次，再等一会儿，又按三次。

“这是密码。”他说。

“一代表走陆路，二代表走水路。”

“啊？”

“算了吧。”

一阵蜂鸣声传来，福尔曼推开楼门。“你上去吧，”他说，“三楼D号公寓。”

“你不上楼？”

“他想单独见你。”

第一段楼梯上了一半，我才突然意识到这可能是个狡猾的圈套，专门下给我的。福尔曼把自己从画面中抹去，我又无从知道在三楼D号公寓中会遭遇什么。但我实在想不出有什么人有要对我造成实质性伤害的充分理由。我在楼梯中途停下，思前想后。理智告诉我转身回家，置身事外，这才叫明智，好奇心则要我一探究竟。二者的斗争以好奇心完胜告终。我继续走到三楼，找到那间公寓，按照三一三模式敲门，声音未落，门立刻打开了。

他看上去和照片上一模一样。自从他开始与艾布纳·普雷亚尼安合作调查纽约警察局的腐败问题以来，过去的几周里，报纸上就充斥着有关他的报道。但新闻照片无法传递他的高度感。他身高六英尺四英寸，身材匀称，肩宽背阔，胸肌发达，腹部开始微微发福。他才三十出头，倘若假以时日，再过十年，他的体重增加四五十磅，大腹便便起来，他定会需要使出浑身气力，才能扛得住这份体重。

问题是他能否再活十年。

他说："道格[1]呢？"

"他把我留在门口，说你想单独见我。"

"是这样啊，但是这敲门声，我以为是他。"

"我破解了密码。"

"啊？哦。"他粲然一笑，笑意仿佛点亮了整个房间。他用这一笑让我看清了他一口整齐的白牙。这一笑的作用不止于此。这一笑使他容光焕发。"你就是马特·斯卡德了，"他说，"进来吧，马特。这里虽然简陋，但总比牢房好。"

"他们能把你关进监狱吗？"

"他们想方设法，非要把我弄进去不可，正他妈的憋着劲呢。"

"他们抓到了你什么把柄？"

"他们控制了一个疯狂的英国妓女，躲在后面操纵她。你对发生的事情了解多少？"

"只是报纸上看到那些。"

我其实没怎么关注报纸。我知道他叫杰尔姆·布罗德菲尔德，是个警察，在警队干了十二年。六七年前，他做了便衣，两三年后又升职为三级警探，之后便窝在那里，一直未获升迁。几

① 道格（Doug）：道格拉斯（Douglas）的昵称。

周前，他把盾形徽章扔进抽屉，开始帮助普雷亚尼安对付纽约市警察局，充当普雷亚尼安安插在警局的耳目。

布罗德菲尔德闩上门时，我四处站了站，打量这个地方。看样子房东出租前配备了家具，从房间任何地方都看不出房客身份的蛛丝马迹。

“报纸的消息，”他说，“嗯，八九不离十吧。说波西亚·卡尔是个妓女。嗯，说得对。说我认识她。这也是事实。”

“他们说你勒索她。”

“你错了。他们说她说我勒索她。”

“你勒索她了吗？”

“没有。马特，来，坐这儿。别拘束。喝一杯怎么样？”

“好吧。”

“我有苏格兰威士忌，伏特加，波本威士忌，还有一点白兰地。”

“波本威士忌就好。”

“要加冰吗？加不加苏打水？”

“什么都不加。”

他为我倒了杯纯波本威士忌，为自己倒了高高一大杯苏格兰威士忌加苏打。我坐在植绒的绿色印花沙发上，他坐在一把相配的俱乐部椅上。我啜着波本威士忌。他从西装外套胸前口袋里掏出一包温斯顿牌香烟，递给我一支。我摇头拒绝，他为自己点上。他用的打火机是登喜路牌的，不是镀金的，就是纯金的。西装看起来是定制的，衬衫绝对是量身定做的，胸前的口袋绣有他姓名的首字母组合图案，很是雅致。

我们边喝酒边打量对方。他长着一张阔脸，下巴方方正正，蓝眼睛，两道浓眉，其中一条眉毛被一道旧伤疤切开，一分为二。头发呈沙色，深浅恰到好处，显得既时尚，又含而不露，倘若太深则会过于咄咄逼人。整张脸看似开朗、诚实，但经过一番相看，我断定这副面相只不过是摆出来的姿态而已。他深谙利用脸面为自己谋利之道。

他看着烟雾从香烟上袅袅升起，好像那升腾的烟雾有什么秘密要告诉他似的。他说："报道让我看起来很卑鄙，不是吗？自作聪明的警察告整个警局的密，结果却发现他专门损人利己，连一个可怜的小妓女都不放过。妈的。你也是做警察出身，你做过多少年？"

"十五年左右。"

"这么说你肯定了解报纸是怎么回事。媒体报道不一定都对。媒体卖报纸，卖报纸也是做生意。"

"所以呢？"

"报纸让我给人留下两种印象。只要你看了某份报纸，注定对我产生一种印象，两者必居其一。我要么是个让特别检察官办公室拿住了把柄脱身不得的骗子，要么就是个白痴疯子。"

"哪种印象对？"

他咧嘴一笑。"哪种都不对。天哪，我在警队干了快十三年。有几个家伙时不时收受几个小钱的贿赂，我并不是昨天才搞明白。我没给任何人留下任何把柄。普雷亚尼安的办公室再三发布否认声明，说我自始至终都是自愿合作的，每次都是我主动去找他们。听着，马特，他们也是人。要是他们陷害我，并靠他们一己之力让我反水，他们早吹开牛了，绝不会否认。但他们就差承认我大摇大摆地走进去，把一切向他们和盘托出了。”

“所以？”

“所以我是实话实说。仅此而已。”

难不成他把我当成牧师了？他是疯子，还是骗子，或者两者都是，或者两者都不是，我才不在乎呢，我不想听他忏悔。他找人把我带到这里来，想必是有所图的，现在可倒好，他反而向我证明起自己来。

没有人需要向我证明自己的正当性。连我自己也很难向自己辩解。

“马特，我遇到麻烦了。”

“你说过他们没抓住你任何把柄。”

“那个波西亚·卡尔，一口咬定我勒索她，每周勒索一百美元，说不给钱我就逮捕她。”

“但这不是真的。”

“不是真的。”

“所以她无法证明。”

“她屎都证明不了。”

“既然什么都证明不了，那不就结了？”

“她还说我跟她上床。”

“哦。”

“的确上了。不知道她是否能证明，妈的，但这是事实。你知道，上床又没什么大不了的。我从来不是什么圣人。现在报纸上到处都是，还弄出敲诈勒索的屁话，突然间搞得我晕头转向。我的婚姻本来就有点不稳定，我妻子所需要的只是让她的朋友和家人读到我是如何和这个英国妓女搞在了一起。马特，你结婚了吗？”

“结过。”

“离了？有孩子吗？”

“有两个儿子。”

“我是两个女儿，一个儿子。”他抿一口酒，掸掉烟灰，“我不知道，也许你愿意离婚，我可一点都不想离。还有勒索指控，简直要了我的小命儿。我害怕离开这该死的公寓。”

“这是谁的地方？我一直以为福尔曼住在我家附近。”

“福尔曼住在西五十几街。你住那一带？”我点点头，他说，“嗯，马特，这地方是我的，租下来一年多了。我在森林山有一幢房子，我琢磨着在城里有个地方为好，万一有不时之需呢。”

“谁知道这个地方？”

“谁都不知道。”他探身掐灭香烟，“有一个关于政客的故事，”他说，“有这么个家伙，民意调查显示他有麻烦了，他的对手正使他遭受耻辱性失败。所以他的竞选经理说‘好吧，我们要做的就是造他的谣，告诉大家他跟母猪干那事’。候选人问是否真有其事，竞选经理说绝无此事。‘要的就是让他否认，’竞选经理说，‘让他否认好了。’”

“明白了。”

“尽管给他泼污水好了，总会溅上一些的。有个该死的警察在讹诈波西亚，事情就是这样。人家要我停止和普雷亚尼安合作，作为回报，波西亚会撤销指控。归根结底，就这么回事。”

“你知道是谁干的吗？”

“不知道。但我不能和艾布纳断绝关系。我需要对方撤销指控。他们在法庭上不能把我怎么样，但这不是重点。即使不上法庭，也会进行部门调查。他们根本不会去调查。妈的，他们想得出什么结论，早就定好了。他们会立即停我的职，最后把我踢出警局。”

“我还以为你辞职了呢。”

他摇了摇头。“看在上帝的分儿上，我为什么要辞职？我干了十二年多，马上就十三年了。我何苦要辞职？我一开始决定和普雷亚尼安联系时，就请了假。你不可能在执行公务的同时又和特别检察官合作。一旦警局想要整你，空子多了去了。我可从没考虑过要辞职。这一切结束后，我希望能重返警队。”

我不由又打量他一番。如果他最后一句讲的是真心话，那么他这个人要比看起来愚蠢多了，也要比其所作所为愚蠢多了。他帮助普雷亚尼安，我不知道他想谋求什么，但我知道，就警察局而言，他这辈子算是交代了。他使自己沦为警界贱民，只要活着，一辈子都要戴着种姓的标记。调查是否撼动警察部门并不重要。谁被迫提前退休，谁去参加大满贯，也不重要。统统都不重要。警察队伍里的每一名警察，不管是干净的，还是肮脏的，不管是走得正行得端的，还是搞邪门歪道的，都会给杰尔姆·布罗德菲尔德的余生打上恶人的印记，唯恐避之不及。

他不会连这一点都不知道，毕竟他佩戴警徽的年头已经超过十二年了。

我说："我不明白找我来有什么用。"

"马特，给你添点酒好吧？"

"不必了，刚刚好。布罗德菲尔德，为什么要我掺和进来？"

他歪着头，眯起眼睛。"很简单，"他说，"你做过警察，清楚警察的路数，现在又是私家侦探，可以自由行动。而且——"

"我不是私家侦探。"

"我是这么听说的。"

"侦探要通过复杂的考试才能拿到执照，要收取费用，保存记录，提交所得税申报表。这些我全都做不来。我偶尔为朋友做些事，算是卖个人情。朋友偶尔给我钱，算是买个人情。"

他又歪歪脑袋，若有所思地点点头，仿佛在说，他知道这里面有机关，而且很高兴知道是什么机关。每个人都有所图谋，我就是图点钱，他不笨，明白里面的道道儿。这家伙喜欢图谋。

他既然喜欢图谋，怎么同艾布纳·普雷亚尼安搞到了一起？真是活见鬼！

“好吧，”他说，“不管是不是侦探，你都要帮我一个忙，看看波西亚，看她到底想要什么，牵扯有多深，看他们对她采取了什么样的控制措施，怎样才能打破控制。当务之急是挖出胁迫她提出指控的黑手。唯有知道那个杂种的名字，才能想办法对付。”

他继续一条道跑到黑，但我并没有太在意，待他放慢脚步喘口气时，我说：“他们十有八九想迫使你冷静下来，断了和普雷亚尼安的牵连，出城去，别再跟普雷亚尼安合作。”

“他们想要的一定是这个。”

“为什么不满足他们呢？”

他盯着我：“你在开玩笑吧。”

“你一开始为什么要和普雷亚尼安搞到一起？”

“马特，这关你什么事？我雇你是来帮我做事的。”也许这话听起来有些刺耳，他微微一笑，试图缓和气氛。“见鬼。马特，就算帮我解决问题，也没必要知道我什么时候出生，口袋里装着多少零钱吧？”

“普雷亚尼安根本没抓住你什么把柄。你自作主张走进去，告诉他你掌握了信息，可以撼动整个警察部门。”

“没错。”

“过去十二年里你不像是一直戴着眼罩啊。你可不是唱诗班的清纯少年。”

“我？”他笑了，笑出一嘴白花花的牙齿，“马特，我很难称得上清纯。”

“这我就不明白了。你有什么图谋？”

“我一定要有图谋吗？”

“你这人就连上趟街都有图谋。”

他想了想，决定不计较我所说的话，反而咯咯笑了。“马特，你非要知道我有什么图谋吗？”

“嗯。”

他呷一口酒，思虑再三。我几乎希望他叫我滚开。我想走开，把他忘掉。他不想说，我也不喜欢卷入我无法理解的事情。我打心眼里不愿意牵扯到他的问题中去。

于是，他说：“你应该比任何人都明白。”

我什么都没说。

“马特，你当了十五年的警察。对吧？你屡获提拔，你做得相当出色，你肯定了解内情，懂得按规则行事。我说得对吗？”

“继续说。”

“所以你投入十五年时间，再干五年就能领到终生饭票，你收拾行李，宣告退休。但你我同病相怜，不是吗？你钻进牛角尖儿，到了无法破解的地步。腐败，勒索，贿赂，让你不胜其烦。就你而言，你唯恐避之不及，撂挑子不干了。我尊重你的选择。

相信我，我尊重你的选择。我自己也深思熟虑过，但后来觉得一走了之对我来说还不够，这么做不适合我，我做了十二年，让我一走了之，我做不到。”

“快十三年了。”

“啊？”

“没什么。你的意思是？”

“我是说我不能头也不回就走了。我得做点什么来改善环境，不求改天换地，只求稍微好一点。即便如此，也会搞得人仰马翻。我并不是乐见这样，只是不得已而为之。”他笑了，嘴咧得很开。这张脸一直专注着，一心要表现出真诚来。突如其来的一笑不由让人一惊。“听着，马特，我不是基督教徒。我是有图谋的人。你说我有所图谋，没说错。我知道一些艾布纳难以相信的内幕。倘若一个人绝对正直，就永远不会听到内幕，他一走进房间，那些聪明人就缄口不语了。只有像我这样的人，才有机会，什么都能听到。”他向前倾了倾身子，“我跟你讲，也许你还不知道，也许你没卸下警徽时情况还没这么糟，这个城市很操蛋，什么都可以卖。所有警力，上上下下，都可以买通。上至一级谋杀都可以通融。”

“这我倒是从来没听说过。”此言并非完全正确。我确实听说过，只是不敢相信。

“马特，不是每个警察都那样。不可能全都那样。但我知道两个案子，我只说确凿的，有一帮家伙因为杀人被当场抓获，硬生生把自己买了出来，免了牢狱之灾。还有毒品。妈的，毒品的事我不说你也懂吧？都是公开的秘密。每个频繁交易的毒贩子都有一个特别的衣袋，里面攥着三两个你这种警察。没这把握，他们哪儿来的胆子出来上街交易。这钱叫作买路钱，警察逮住了你，你把钱掏出来，塞进警察手里，警察就让你走人。”

情况一直都是这样吗？在我看来，事实并非如此。拿钱的警察总是有一些的，有的拿得少，有的拿得多，有的不义之财送到手里时不拒绝，有的干脆出去强取豪夺。但也有一些事情没人做过。没人碰杀人钱，也没人碰毒品钱。

但世事并非一成不变。

“因此你受够了。”我说。

“没错。我完全没必要向你解释，别人不明白，你还不明白？”

“我并不是因为看不惯腐败才离开警队的。”

“哦？是我意会错了。”

我站起来，走到他放那瓶波本威士忌的地方，重新斟满酒杯，一口喝掉半杯，并没有坐下。我说：“腐败问题从来没怎么困扰过我。腐败使我家的餐桌食物丰盛。”与其说我是在同布罗德菲尔德交谈，不如说我是在自言自语。布罗德菲尔德并不在乎我为什么离开警队，就像我不在乎他是否知道我离开警队的真正理由一样。“送到手里的我来者不拒。我不会主动伸手四处讨要，也不会让人买通，使罪行严重之人逍遥法外，但我们家从来没有一个星期是靠市政府付给我的那点薪水生活的。”我喝干杯子里的酒，“你没少捞啊。瞧你身上这套正装，这么阔气，市政府可没钱给你买。”

“毫无疑问。”他又咧嘴笑了。我不太喜欢他的笑容。“马特，我是没少捞。这个我没有异议。但我们各自都有底线，对吧？话又说回来了，你为什么辞职？”

“我不喜欢没日没夜地工作。”

“说真的。”

“没骗你。”

我想告诉他的就这么多。我猜他要么已经知道全部原委，要么对这些日子家长里短式的谣传多少有些耳闻。

事情经过很简单。几年前，我在华盛顿高地的一家酒吧喝了几杯。我下班了，有权想喝就喝。酒吧是警察酗酒的去处，虽然到酒吧喝酒可能构成警察腐败，但到酒吧喝酒却也从来没有让我夜不成眠。

喝着喝着，两个朋克族抢劫了那个地方，夺路而逃时，开枪打死了酒保。我追到街上，举起警用左轮手枪射击，打光了转轮中的子弹，打死了一个浑蛋，打残了另一个。但有一颗子弹没有射到应该射到的地方，而是弹射到什么上面，反弹回来，弹进一个叫爱斯特丽塔·里维埃拉的七岁女孩的眼睛里，进而通过眼睛进入大脑。爱斯特丽塔·里维埃拉死了，我生命的大部分也跟着死了。

部门进行调查，结果我被证明完全无罪，甚至还获得嘉奖。

不久之后，我辞去警察职务，与安妮塔分居，搬到第五十七街的旅馆居住。我不知道这一切是如何结合在一起的，也不知道这一切是否是结合在一起的，但前前后后发生的变故似乎产生了叠加效应，我不再乐于做警察。但这不关杰瑞·布罗德菲尔德的事，我也不会讲给他听。

所以我说："我实在不知道有什么能为你效劳的。"

"你能做的比我多。你不用被困在这间糟心的公寓里。"

"有人给你送吃的吗？"

"吃的？哦。我会出去，随便吃一口，就这样。但我吃的不多，也不常出去。我很小心，进出大楼不会让人看见。"

"迟早会有人跟踪你的。"

"见鬼，我知道。"他又点上一支烟。金黄的登喜路消失在他的大手里。与那只大手相比，打火机简直就是一张扁平的金属薄片。"我只是想给自己争取几天时间，"他说，"就这样。她昨天闹出的动静不小，报纸上消息满天飞。从昨天起我就一直在这里。我估摸，要是幸运的话，在这样安静的社区，我可以撑上一周。到那时，也许你可以掐断她的导火索。"

"也可能一事无成。"

"马特，你能试试吗？"

我打心眼里不情愿。我的钱快花完了，但这并没有让我太烦恼。时值月初，房租已经付到月底，我手头有足够的现金，可以维持喝波本威士忌加咖啡的生活，此外还能剩下一点点，用来买食物之类的奢侈品。

我不喜欢这个自大的狗杂种。但不喜欢归不喜欢，倒也不算什么妨碍。事实上，我通常更喜欢为我既不喜欢也不尊重的人工作。就算到头来他们钱花得不值，我也用不着有多烦恼。

所以我不喜欢布罗德菲尔德并不打紧。我觉得他跟我讲的东西，事实不会超过两成。这也不打紧。我甚至不确定该相信哪两成。

也许正是最后一点促使我下了决心。因为我显然想找出杰尔姆·布罗德菲尔德的真实之处和虚假之处。他为什么和艾布纳·普雷亚尼安勾搭，波西亚·卡尔在这幅图景中究竟处于什么位置。是谁陷害他，怎么陷害他，为什么陷害他。我不清楚为什么想知道这一切，但显然我想知道。

“好吧。”我说。

“你同意试一试？”

我点点头。

“你需要用钱。”

我又点点头。

“多少？”

我向来不懂得如何收费。此事似乎不需要花太多时间。我要么想出个办法帮助他，要么想不出办法，反正很快就会知道结果的。但我不想给自己定价太低。因为我不喜欢他，因为他巧舌如簧，衣着昂贵，用金色登喜路打火机点烟。

“五百美元。”

他觉得要价太高。我告诉他，如果觉得不合适，可以另请高明。他立马向我保证他绝无此意，并从内胸袋里掏出一个钱包，数出二十美元和五十美元的钞票，把五百美元堆到面前的桌子上。他钱包里还剩下好多钱。

“希望你不介意现金。”他说。

我告诉他现金没问题。

“不会有太多人介意。”他说着，又朝我咧嘴一笑。我只是坐着，盯着他看了一两分钟，俯身捡起钱。

第四章

这里的正式名称是曼哈顿男子拘留所，但我从未听过有人这样叫过，不知道为什么，大家都叫它死人墓。不过，死人墓这名字倒也符合这座建筑及其居住者给人的那种仿佛被洪水冲蚀过、被推下万丈深渊和被烈火烧毁的感觉。

死人墓位于中心区的怀特街，离警察总部和刑事法院大楼都很近。每隔一段时间，死人墓就会因为发生骚乱登上报纸和电视新闻。接下来，市民会收到一份关于骇人听闻情况的报告，许多好人签署请愿书，有要人会任命一个调查委员会，政客们召开新闻发布会，狱卒要求加薪，纷纷扰扰几周后，一切又被淡忘。

我料想死人墓不会比大多数城市监狱糟糕多少。死人墓自杀率高，但这在一定程度上是由于年龄介于十八岁到二十五岁的波多黎各男性偏爱在牢房里上吊自杀，找不出任何特殊原因——除非把身为波多黎各人和坐牢称为自杀的充分理由。这个年龄段的黑人和白人身处那种环境之中也会自杀，但是波多黎各人的自杀率要高得多，纽约的波多黎各人又比大多数城市都多。

另一个助力死亡率高的因素是，即使每个在美国生活的波多黎各人的生命都以吊在灯具固定架下晃来荡去告终，死人墓的狱卒也不会因此而失眠。

我折腾了几小时都无法重新入睡，也无法完全清醒过来。十点半左右，我赶到死人墓。此前，我匆匆吃过早餐，拿起《时报》和《新闻报》，读关于布罗德菲尔德和那个认为被他杀掉的女人的报道，但没有读到任何激动人心的消息。不过，《新闻报》总算有些故事，上了头版头条，并在第三版给出很大的版面，以期激起巨大的反响。要是相信报纸的话，波西亚・卡尔并不是被勒死的，而是被人用重物击中头部，又用锐器刺穿了心脏。

布罗德菲尔德在电话里说他认为波西亚是被勒死的。这意味着两种可能，要么布罗德菲尔德故意装傻，或者搞错了；要么《新闻报》的报道一派胡言。

不管对错，《新闻报》里的新东西也就这些，其余都是背景。即便如此，《新闻报》还是走在了《时报》前面，《时报》最新本埠新闻版甚至连一行报道这起谋杀案的文字都没有。

他们让我在关押布罗德菲尔德的囚室里见他。布罗德菲尔德穿着一件浅海军蓝色窗棂式格子西装，罩着另一件定制衬衫。如果是被拘留，准备受审，一定要穿自己的衣服。如果是在死人墓里服刑，则要穿标准的囚服。在布罗德菲尔德的案子中，这种情况不会发生，如果被定罪，他将被送往州北部的一座监狱，要么是辛辛监狱，要么是丹尼莫拉监狱，要么是阿提卡监狱。谋杀犯不会在死人墓里服刑。

一个狱卒打开牢门，把我和布罗德菲尔德锁在里面。我们默视对方，判断狱卒不在听力所及的范围了，才开口。他说："天哪，你来了！"

"我说过我会来的。"

"是啊，但我不知道该不该相信你。当你环顾四周，意识到自己被关在牢房里，成了囚犯，妈的，你从不相信会发生在你身上的事情真就发生了，马特，你不知道该相信什么了。"他从口袋里掏出一包香烟，递向我。我摇头拒绝了。他用金打火机给自己点上一支烟，用手掂了掂打火机。"他们让我拿着这个，"他说，"这让我惊讶，没想到他们会允许被拘留的人持有打火机或者火柴。"

"也许他们信得过你。"

"哦，当然。"他指了指床，"我想说让你坐椅子上，但人家没给我椅子。欢迎坐床上。当然，很可能有小动物生活在里面。"

"我站着很舒服。"

"是啊，我也是。今晚睡在这张床上，不啻外出搞一次真正的野餐啦。那帮家伙为什么不肯给我一把椅子坐呢？你知道，他们连我的领带都拿走了。”

“我猜人家是按照标准流程做的。”

“肯定是这样。你知道，我有一个优势。我一进屋门就知道要坐牢。当时我对波西亚的情况一无所知，不知道她在我那里，不知道她已经死了，什么都不知道。但一看到他们，我就知道，因为她曾起誓要控告我，我要被捕了。对吧？所以他们问我问题时，我就脱下夹克，脱下裤子，踢掉鞋子。你知道为什么吗？”

“为什么？”

“因为他们得让你穿好衣服。要是你一开始就穿好了，他们可以直接把你带走，要是你没穿好衣服，他们必须让你穿好，总不能让你只穿着内衣，就把你拖到市区去嘛。所以他们让我穿衣服，我挑了一套，裤子是没有腰带的宽松裤。”他打开西装外套给我看，“还有一双懒汉鞋。看到了吗？”他撩起裤腿，展示一双海军鞋，看起来像是蜥蜴皮做的。“我知道他们会拿走我的腰带和鞋带。所以我选择的穿戴不需要系腰带，也不需要系鞋带。”

“但你打了领带。”

他又现出旧有的笑容来。这是我当天上午第一次见他露出笑容。“太他妈对了。你知道为什么吗？”

“为什么？”

“因为我要离开这里。马特，你一定要帮我。不是我干的。你会想办法证明的，到时候，就算他们不想放我出去，也由不得他们。到时候他们会把手表和钱包还给我，我会把手表戴在手腕上，把钱包放进口袋里。他们会把领带还给我，我会走到镜子前，从容地打领带，缠三到四次，打成我喜欢的结。然后，我要大摇大摆地走出前门，走下石阶，看起来像个百万富翁，感觉好极了。所以我才戴那条该死的领带。”

这番话可能对他有些好处。至少让他意识到自己是个有品位的人，一个有格调的人，这样的自我形象让他在蹲监狱时心理有所安慰。他挺直宽大的肩膀，把自怜的哀鸣压下来。我拿出笔记本，让他回答一些问题。答案并不太糟糕，但也没什么大用，无法使他脱身。

此前，我跟他谈过没多久，他外出买三明治，时间大概是六点半。他到格罗夫街一家熟食店买了一个三明治和几瓶啤酒，带回公寓。然后就坐在那儿一边听收音机，一边喝啤酒，直到将近午夜，电话铃再次响起。

“我以为是你，”他说，“没有人往那里给我打电话。电话不在登记列表上。我还以为是你呢。”

但电话里传来一个他不认识的声音，一个男人的声音，听起来好像故意用了假声。打电话的人说可以让波西亚·卡尔改变主意，撤销指控，并让布罗德菲尔德马上去布鲁克林湾岭区奥温顿大道上的一家酒吧，要他坐在酒吧里喝啤酒，等有人和他接头。

“他们这是调虎离山，”我说，“保不齐他们会聪明反被聪明误。倘若你能证明你在酒吧里，再加上时间对得上——”

“马特，哪里有什么酒吧！”

“啊？”

“我一开始就不该去。但我估摸就算去，又能失去什么，对吧？要是有人想逮捕我，既然已经知道我住哪座公寓，不需要再这么抖机灵吧？所以我乘地铁去了湾岭，找到奥温顿大道。你熟悉布鲁克林吗？”

“不太熟悉。”

“我也不太熟悉。我找到奥温顿大道，找到酒吧应该在的位置，却找不到那家酒吧。我心想这下搞砸了，就去查布鲁克林黄页，上面没有列出，于是又四处搜寻。你知道，最后我只得放弃，掉头回家。这时候，我反应过来，感到一定是中了什么圈套，但仍然不能确定对方有什么图谋。我走进公寓，发现到处都是警察，又发现波西亚的尸体停在角落里，用床单盖着。那个该死的把我诓到湾岭去，耍得我像狗一样追着自己的尾巴转圈子，原来就是为了这个。但是没有一个酒保能发誓证明我在湾岭，因为那里压根就没有叫瘦高个子酒廊的酒吧。我去了另外几家酒吧，但我不能告诉你酒吧的名字。就算告诉你，也证明不了什么。”

“也许有酒保会认出你来。”

“并且能确定具体时间？马特，即便如此，也不能证明什么。我来回都是坐地铁，火车开得很慢。假设坐计程车去，倒是会有不在场的证据。该死，就算火车开得再慢，我也可能在十一点半左右就把波西亚杀死在公寓里，然后再去湾岭。只是我离开时她不在公寓里。只是我没有杀她。”

“是谁干的？”

“不是很明显吗？有人想看到我因为谋杀而被关起来，这样，我就没办法溜出去告古老而又善良的纽约警局的密了。那么，谁最希望看到这种情况发生呢？谁最有这个动机呢？”

我凝视了他片刻，把目光移到一边，问他都有谁知道他那间公寓。

“没人知道。”

“少说废话。道格拉斯·福尔曼就知道，还带我去过那里。我也知道了。我还知道电话号码，是你给我的。福尔曼知道电话号码吗？”

“我想他知道。我很肯定，他知道。”

“你跟道格过从甚密，你俩是怎么认识的？”

“他采访过我一次。他在写一本书，想了解一些背景。就这样，我跟他成了酒友。为什么问这个？”

“只是好奇而已。还有谁知道公寓的事，你老婆知道吗？”

“戴安娜？她不可能知道。她知道我时不时得在城里过夜，但我告诉她我住旅馆。公寓的事，告诉谁也不会告诉她。一个男人告诉自己的老婆自己要在外面弄一套公寓，这对她来说只意味着一件事。”他又咧嘴笑了，笑容和往常一样唐突，“滑稽的是，我弄这间该死的公寓主要是为了想睡觉时有个地方眯一会儿，为了有个放换洗衣服的地方，诸如此类的，就图个方便。至于带放荡女人回公寓寻欢作乐，我几乎没这么做过。那种女人通常自己有地方。”

“但是你带女人去过那里。”

“偶尔带过。比方说泡吧时偶遇的有夫之妇。很多时候，她们甚至连我的名字都不知道。”

“你还带谁去过那里，谁可能知道你的名字，带波西亚·卡尔去过吗？”

他迟疑了。犹豫就相当于承认。“她自己有地方。”

“可你还是带她去了巴罗街你那个地方。”

“就一两次。但再怎么着，波西亚也不可能把我钓出来，再自己偷偷溜进去把自己干掉吧？”

我没有纠缠这个。他试着去想其他可能知道公寓的人，但什么也想不出来。据他所知，只有我和福尔曼知道他躲在公寓里。

“马特，要是还有谁知道我的公寓，那一定是猜到的。他们只需要拿起电话，试一试就知道了。任何人都可能在酒吧里和某个我可能早就记不起来的荡妇聊起来，刚好发现了公寓的事。‘哦，我敢打赌那个杂种就藏在公寓里’——于是就有人知道这里了。”

“普雷亚尼安的办事处有人知道公寓的事吗？”

“他们为什么要知道？”

“卡尔对你提出指控后，你和他们谈起过公寓的事吗？”

他摇摇头：“为什么要和他们谈？波西亚·卡尔的谎话一上报纸，普雷亚尼安就当我不存在了。指望普雷亚尼安帮忙连门儿都没有。这位两袖清风先生一心想着成为第一位当选纽约州州长的亚美尼亚人，一直对纽约州首府奥尔巴尼望眼欲穿，他不会是第一个凭借罪恶斗士的名望登上哈德逊河畔州长宝座的人。”

“我自己大概能想出一个来。”

“我并不感到惊讶。倘若能让波西亚改口，普雷亚尼安会很高兴接见我的。事已至此，波西亚再也不会改口了，普雷亚尼安也再不可能帮忙了。要是当初去找哈德斯蒂，也许会好过些。”

“哈德斯蒂？”

“诺克斯·哈德斯蒂。美国地区检察官。至少他是为联邦政府工作的。哈德斯蒂这人也是个野心勃勃的浑蛋，但可能比普雷亚尼安对我更有好处。”

“怎么又搞出个哈德斯蒂来，他是怎么掺和进来的？”

“哈德斯蒂没有掺和进来。”布罗德菲尔德走到窄床前，坐下，又点燃一支香烟，吐出一团云雾。“他们允许我带一盒香烟，”他说，“我猜要是换了你坐牢的话，情况可能更糟。”

“你为什么提到哈德斯蒂？”

“我曾经想去找他。事实上，我试探过他，可他不感兴趣。他对市政腐败很感兴趣，但只限于政治方面，对警察腐败不感兴趣。”

“所以他把你推荐给了普雷亚尼安。”

“你在开玩笑吧？”他似乎很惊讶我会受了这样的启发，“普雷亚尼安是共和党人。”他说。“哈德斯蒂是民主党人。他们俩都想当州长。没准儿几年后会成为竞选对手。你觉得哈德斯蒂会让普雷亚尼安白白得利？哈德斯蒂明里暗里让我回家冷静冷静。去找艾布纳是我的主意。”

“你之所以去，是因为你已经对腐败忍无可忍。”

他打量着我。“这理由再好不过了。”他不动声色地说。

“随你怎么说吧。”

“我是这么说的。”他鼻孔忽闪了一下，“纠结我为什么去找普雷亚尼安又有什么用？他已经跟我恩断义绝。陷害我的人得到了想得到的。除非你能找到办法，一举彻底翻案。”他站起来，手里拿着香烟比画着。“你必须找出是谁陷害我，怎么陷害的，没有别的办法能让我逃脱。我可以打赢官司，但今后总会有一片阴云笼罩着我。人们会认为我只是侥幸打赢了官司而已。你想想看，那些被控死刑而上法庭的人，纵使赢了官司，还能剩下多大能量？他们走下法庭后，所有人，包括你在内，还不都是理所当然地认为他们有罪吗？他们说千万别杀人，杀人者必受处罚，但是，马特，你发个誓，告诉我，单单你所知道的，有名有姓的，有多少杀了人却依旧逍遥法外的？”

我想了想。“我能说出一打名字，”我说，“我可以不假思索地脱口而出。”

“对了。如果把那些你认为可能有罪的案例也算进去，可以说出六打来。就拿所有那些经过李·贝利辩护并逃脱惩罚的家伙来说吧，每个人都认为那些浑蛋绝对有罪。我不止一次听到警察说某某一定有罪，否则，为什么要请贝利为他辩护？”

“我也听到过同样的话。”

“你当然听过。我这个律师很出色，但我需要的不仅仅是律师。我想要的不仅仅是无罪释放。我从警察那里什么都得不到。负责这个案子的人可不想让我翻案，没有什么比看到我上断头台更让他们开心的了。既然如此，他们怎么肯深入调查？他们只会想办法把我钉在墙上示众。即便他们发现不利于他们的证据，我也可以猜到他们会怎么处理。他们会把证据埋起来，埋得很深，恐怕只有从地球另一面开始挖掘，才会更容易挖到。”

我们又仔细讨论了些别的情况，我在笔记本上将方方面面都作了记录，记下他在森林山的家庭住址，他妻子的名字，律师的名字，还有其他一些零碎内容。他从我的笔记本上撕下一张白纸，借用我的笔，给妻子写了一张授权书，让她给我支付两千五百美元。

“马特，钱是现金。如果不够，还有。该花的尽管花，我自始至终全力支持你。只要把问题解决了，让我系上领带，离开这倒霉的地方就好。”

“这么多钱，从哪儿弄的？”

他打量我一番。“这有关系吗？”

“我不知道。”

“我他妈的该说什么？说是从薪水里省下来的？你也用不着跟我装糊涂。我早就告诉过你，我从来都不是什么拾金不昧的童子军。”

“啊哈。”

“钱的来源很要紧吗？”

我思索了一番。“不要紧，”我说，“我觉得不要紧。”

在穿过走廊回去的路上，狱卒说：“你自己也做过警察，对吧？”

“做过一段时间。”

“你现在为他工作。”

“没错。”

“哦，”狱卒明智而审慎地说，“选择为谁工作，有时候由不得我们。人总得谋生啊。”

“事实确实是这样。”

狱卒轻轻吹了声口哨。此人年近六旬，垂着双层下颌，弯腰曲背，手背上布满老人斑，嗓音因常年喝威士忌和抽烟而变得粗糙刺耳。

“想把他捞出去？”

“我不是律师。要是我能找到证据，也许律师能帮他脱身。

为什么这么问？”

“只是好奇罢了。假如脱不了身，他恐怕会希望死刑还没有废除。”

“为什么？”

“他是警察，不是吗？”

“此话怎讲？”

“想想看。现在，把他一个人关在牢房里，穿着自己的衣服，独自等待审判，等待所有这一切。可是，假如他被判有罪，比如说，被送进北边的阿提卡监狱，里面人满为患，全都是被警察整治过的不法分子，其中有一半人天生就恨警察。监狱里整人的方式五花八门，不用想也知道，还有谁会比这可怜的杂种更难？”

“这一点我没想到。”

狱卒用舌头和腭部嗒地敲了个响。“嘿，他每时每刻都要担心，提防有人拿着一把自制的刀向他扑来。你知道，他们从食堂偷来勺子，拿到机修车间打磨。几年前我在阿提卡工作过，清楚里面是怎么做事的。还记得那场大暴乱吗？劫持人质那次。骚乱发生时，我已经离开很久了，但被当作人质杀害的狱卒中有两个我认识的。那是个地狱般的地方，阿提卡监狱。要是你朋友布罗德菲尔德被送到那里去，要我说，倘若他两年后还能活着，就算走大运了。”

我们在沉默中走完剩下的路。要离开我时，狱卒说：“世界上最难服的刑，就是警察蹲监狱。但我得说，就算蹲了监狱，那个杂种也比谁都罪有应得。”

“也许他没有杀那个女人。”

“哦，天哪，”他说，“他杀没杀她，谁在乎？他与自己的同类反目成仇，不是吗？他是个叛徒，不是吗？我才不在乎什么肮脏的妓女呢。谁杀了她，还是没杀她，关我屁事。里面那个浑蛋纯属咎由自取。”

第五章

因为地点关系，我先去了普雷亚尼安那里。死人墓位于中心区怀特街。四个街区外，艾布纳·普雷亚尼安和一帮做事过于卖力气、一心讨好上司的下属，在沃思街的教堂和百老汇之间有一个办事处。这办事处的建筑是一幢黄楼，砖砌的墙面，楼身狭窄。楼中机构不止普雷亚尼安一处，还有两家会计师事务所、一家复印社、一些进出口公司，一楼还有一家修鞋补帽子的商店。吱吱作响的陡峭楼梯似乎总也爬不完：如果普雷亚尼安所在之处再高一层，我可能已经放弃，转身离开。但我到了他的楼层，门开着，我走了进去。

星期二，我与杰瑞·布罗德菲尔德第一次见面后，为了和波西亚·卡尔取得联系，花了差不多两美元。当然，不是一下子花掉的，而是一角钱一角钱花掉的。波西亚装了电话答录机，公用电话一旦接通答录机，通常就会损失一角钱。如果够幸运，反应也很好，挂电话的速度够快，就能拿回硬币。随着这一天时间的慢慢耗损，拿回硬币的频率越来越低。

那天，浪费许多一角硬币之后，我尝试了一些别的办法，其中一个办法涉及一个叫伊莱恩·马德尔的女人。伊莱恩·马德尔与波西亚·卡尔从事同一行当，住同一街区。我去看伊莱恩，她设法告诉了我一些波西亚的事。没有什么一手资料。伊莱恩本人不认识波西亚，只是偶尔听到过一些流言蜚语。波西亚专攻性虐业务，但据说她交了一个“特别的朋友”，这个朋友不知怎么回事，或声名显赫，或臭名昭著，或权势不凡，总之，说不清楚，反正据说最近波西亚把别的约会统统推掉了。

普雷亚尼安办公室里那个姑娘长得特别像伊莱恩，像到可以当伊莱恩的妹妹。她对我皱起眉头来，我这才意识到我一直在盯着人家看。我又看了她一眼，发现她其实并不那么像伊莱恩。相似之处主要在眼睛上。她和伊莱恩一样，都有一双犹太人的黑眼睛，几乎以同样深邃的方式支配着面孔。

她问我是否有什么需要帮忙的。我说我想见普雷亚尼安先生。她问我是否有预约。我承认没有预约。她说普雷亚尼安出去吃午饭了，大部分员工也出去吃午饭了。我决定不要因为她是女性就想当然地以为她是秘书，开始告诉她我想做什么。

“我只是个秘书，”她说，“您想等普雷亚尼安先生回来吗？要不您见见洛比尔先生。我相信洛比尔先生在办公室。”

“洛比尔先生是谁？”

“是普雷亚尼安先生的助理。”

这回答仍然没有告诉我很多东西，但我要求见洛比尔先生。她指着一把木折椅，请我坐下。椅子看上去差不多像布罗德菲尔德牢房里的床一样诱人。我站着没动。

几分钟后，我坐到了克劳德·洛比尔的旧橡木胶合板办公桌对面。我还是个孩子时，曾经去过的每个教室里都有一张这样的桌子，给老师做办公桌用。除了体育课和工艺美术课外，其他各科老师都是女老师。要是我有男班主任的话，我希望他能够长得像洛比尔。洛比尔坐在桌子后面，看起来特别随和。留一头深褐色短发，薄嘴唇，嘴角两边长着深深的纹路，像一对圆括号，如蚀刻一般。双手饱满，手指短且粗，肤色发白，看上去很柔软。身穿白衬衫，打一条结实的栗色领带，卷着衬衫袖子。他身上有一股说不出的气质，使我有种感觉，仿佛自己一定做错了什么事，虽然不清楚错在哪里，却根本找不到借口否认。

“斯卡德先生，”他说，“您就是今天早上和我通电话的那位警官吧。我只能重复我先前的立场。普雷亚尼安先生没有任何信息可以提供给警方。布罗德菲尔德先生可能采取的任何犯罪行为都超出了本次调查的范围，肯定不为本办事处所知。我们尚未与新闻界人士交谈，但知会媒体时，会遵守同样的原则。我们将拒绝发表评论，并强调布罗德菲尔德先生向我们提供了某些信息，此举完全出于自愿，但我们未对此人提供的信息采取任何行动，预期也不会采取行动，因为布罗德菲尔德先生的法律地位目前尚不明确。”

洛比尔说这些话的样子，就好像是在朗读事先准备好的讲稿。多数人说连贯的句子都有困难，洛比尔却出口成章，一口气就是一个结构复杂的段落。他发表这番简短的演说时，苍白的眼睛定定地看着我的左肩膀。

我说：“你这么急着下结论，未免草率。我不是警察。”

“你是新闻界的？我以为——”

“我以前做过警察，几年前离开了警队。”

听了这话，洛比尔脸上现出关注的表情，透着几分算计。看着他，我的脑海里涌起一阵时空错乱般的似曾相识感，过了好一会儿才回过神来。他让我想起与布罗德菲尔德初次谋面时的情景：头歪到一边，眉头拧起，脸上一副全神贯注的样子。像布罗德菲尔德一样，洛比尔也想知道我有什么图谋。洛比尔也许是个改良者，也许在为两袖清风先生工作的同时，也以自己的方式在搞钱，就像警察寻找施舍一样。

“我刚去会见过布罗德菲尔德，”我说，“我为他工作。他说他没有杀那个姓卡尔的女人。”

“布罗德菲尔德这么说不是理所当然的吗？据我所知，卡尔的尸体是在他的公寓里发现的。”

我点点头：“他认为有人蓄意陷害他，想让我把陷害他的人挖出来。”

“我明白了。”洛比尔原本是希望我能帮他搞垮整个警察局的，见我只是想侦破一桩谋杀案，便对我不再特别感兴趣了。“这个，我不确定我们办事处跟栽赃陷害会有什么瓜葛。”

“是吗？我只想要一幅更完整的画面。我不太了解布罗德菲尔德，我周二才初次认识他。他是个难以捉摸的客户。我并不总是能看出来他什么时候对我说谎。”

克劳德·洛比尔的嘴唇上露出一丝不合时宜的微笑。“我喜欢你的说法，”他说，“布罗德菲尔德的确善于撒谎，难以捉摸，不是吗？”

“难就难在这里。他有多狡猾，他撒了多少谎？他说是自愿过来为你们提供服务的，你们没有强迫他这么做。”

“一点不错。”

“难以置信。”

洛比尔叠起指尖，搭成帐篷状。“别说您难以置信，我们也一样难以置信，”他说，“布罗德菲尔德就那么大摇大摆地从街上走进来，事先甚至没有打电话通知我们。我们从未听说过他，他居然闯进来，恨不得把整个地球都奉献给我们，根本不求回报。”

“这就说不通了。”

“我知道。”洛比尔身子前倾，神情十分专注。我猜他大概二十八岁。他的举止使他显得老成几年，但当他紧张起来，故作老成的岁月消失殆尽之际，你才意识到他有多么年轻。“斯卡德先生，正因为如此，我们才很难相信此人说的话。根本看不出他有什么动机。哦，他说他透露的事情可能牵连到他自己，要求给他豁免权，不予检举。我们自然表示同意。但除此之外，他不想要任何回报。”

“既然不求回报，他为什么来举报？”

“我不清楚他目的何在。说实话，我立刻就不信任他了。不是因为他不老实。我们总是和骗子打交道，必须对付骗子，但至少骗子还讲理性，他的行为却有违理性。我告诉普雷亚尼安先生我不信任布罗德菲尔德。我说我觉得他行为反常，行事古怪，我根本不想和他扯上关系。”

“你对普雷亚尼安就是这么说的？”

“就是这么说的。我很乐意相信布罗德菲尔德有过某种宗教经历，成了脱胎换骨的新人。也许这种事情会发生。但我想不会经常发生。”

“大概不会。”

“但他甚至不屑于装装样子。他还是以前的那个人，愤世嫉俗，轻松自在，精明圆滑。”洛比尔叹了口气，“现在普雷亚尼安先生跟我意见一致了，后悔我们和布罗德菲尔德有所牵连。布罗德菲尔德显然犯了谋杀罪，而且，哦，不幸的是，甚至在此之前，那个女人对他提出指控时，就已经闹得满城风雨，万众瞩目。这一切可能会将我们置于某种微妙境地。你知道，我们什么也没做，但媒体宣传很难对我们有好处。”

我点点头。“说到布罗德菲尔德，”我说，“你经常见到他吗？”

“不常见到。他直接与普雷亚尼安先生合作。”

“他带什么人来过办事处吗，比如说某个女人？”

“没有，他总是一个人来。”

“普雷亚尼安或者办事处的人在别的地方接见过他吗？”

“没有，总是他到这儿来。”

“你知道他的公寓在哪里吗？”

“不是在巴罗街？”闻听此言，我顿时警觉起来，但洛比尔接着说：“我甚至不知道他在纽约有一套公寓，但报纸上有报道，不是吗？我想是在格林威治村的什么地方。”

“报纸上出现过波西亚·卡尔的名字吗？”

“波西亚·卡尔就是他谋杀的那个女人吧？”

“就是被谋杀的那个女人。”

洛比尔勉强笑了笑。“我认错。无论结论看起来多么明显，也不能草率下结论。我肯定，在周一的报纸上刊登那条新闻之前，从未听说过她的名字。”

我给洛比尔看了从早间《新闻报》上撕下来的波西亚的照片，又加了些口头描述。但他说以前从未见过波西亚。

“让我看看我是不是捋清楚了，”洛比尔说，“布罗德菲尔德向这个女人勒索钱财。我想是每周一百美元吧？她星期一揭发了他，昨晚，她在他的公寓里被谋杀了。”

“她说他向她勒索钱财。我见过她，她也跟我讲过同样的情节。我觉得她在撒谎。”

“她为什么要撒谎？”

“诋毁布罗德菲尔德。”

洛比尔似乎真摸不着头脑了。“她为什么要这么做？她是个妓女，不是吗？为什么一个妓女会试图阻碍我们打击警察贪污的运动？为什么有人在布罗德菲尔德的公寓里谋杀一个妓女？真让人晕头转向。”

“嗯，我不想和你争论这个问题。”

“太令人困惑了，”他说，“我甚至搞不懂布罗德菲尔德当初为什么来找我们。”

我搞明白了。至少现在我有了一个好主意。但我决定守口如瓶。

第六章

我在旅馆停留很长时间，冲了个澡，用电动剃须刀刮了脸。信件架上有三封留言，有三个人想要我回电话。一个又是安妮塔打来的，一个是一名叫艾迪·科勒的副局长打来的，一个是马德尔小姐打来的。

我决定让安妮塔和艾迪等一等。我用大厅的公用电话给伊莱恩打电话。我不想通过酒店总机转接的电话。他们也许没有监听，也许会监听。

伊莱恩接电话时，我说："喂，听出我是谁了吗？"

"听出来了。"

"我特意给你回电话。"

"啊哈。我就知道。你的电话出毛病了吗？"

"我在电话亭里，你呢？"

“这部电话应该是干净的。我付钱给一个夏威夷小伙子，每周来检查一次漏洞。到目前为止，还没有发现问题，但也许他不知道该如何寻找。我怎么知道？小伙子特别年轻。我想他一定是完全晶体管化了。”

“你是个有趣的女人。”

“哈，要是没有幽默感，活着还有什么意思呢？但在电话里还是应该保持冷静为好。你大概能猜到我为什么打电话。”

“嗯。”

“是前几天你向我打听的事，我虽然是女人，可我每天早上都看报纸，我想知道会不会牵连到我，我是不是应该有所担心？”

“完全不可能牵连到你。”

“你说的是真话吗？”

“绝对是真话。除非你打探消息的电话能被追查到你那里。你和不少人打过电话。”

“我想到过这个，把漏洞封死了。既然你说没什么好担心的，我就不担心了，马德尔太太的小女儿做事就讲究个实在。”

“我还以为你改名字了呢。”

“啊？哦，不，我才不会改名呢。宝贝，我生下来就叫伊莱恩·马德尔。并不是说我父亲在我出生前不久没有改过我的名字，可是等到我出场后，就已经叫伊莱恩这名字了，听起来非常像异邦人。”

“伊莱恩，稍后我也许会过去。”

“为了生意还是为了消遣？让我换个措辞。是为了照顾你的生意还是为了照顾我的生意？”

我发现自己对着电话微笑。“也许两方面都有。”我说，“我得出趟门，去皇后区，如果去的话，会提前给你打电话。”

“宝贝，来不来都给我打电话。即使不能来，也给我打电话。所以男人们总把——”

“小小的硬通货放避孕套里。我知道。”

“噢，我最好的笑话你都知道，”她说，“一点也不好玩。”

地铁车厢被一个疯子喷漆涂鸦过。他向世界传达的信息只有一条。只要有机会，就不遗余力地把它铭记下来，煞费苦心地绘出花体字，再配上别的装饰，一遍又一遍重申自己的观点。

“我们野是人。”他告诉我们。我无法确定中间那个字仅仅是错别字，还是代表了某种受幻觉启发而生出的深刻见解。

我们野是人。

地铁一路奔驰，一直到皇后大道和大陆街，我有足够的时间思考这涂鸦的含义。我下了火车，步行几个街区，经过以几所预科学校命名的街道——埃克塞特中学街、格罗顿中学街、哈罗公学街，终于到了南森街布罗德菲尔德和家人的住处。我不清楚南森街是怎么得名的。

布罗德菲尔德的房子坐落在一片风景优美的空地上，堪称豪宅。房前很是开阔，人行道和街道之间的草坪上有一棵老枫树，披着一身红色和金色，像火焰在燃烧，使人对时节毫无疑问。

房子本身是两层楼建筑，有三四十年房龄，却一点也不显老旧。整个街区都由类似的独栋别墅组成，同中见异，各具特色，置身其中，绝无此地正处于开发中的感觉。

也没有置身于纽约的五个行政区之内的感觉。曼哈顿高楼林立，人们栖身其中，很难记得还有这么一片独栋别墅，掩映在绿树成荫的僻静街道上，很难记得住独栋别墅里的纽约人比例有多少。即使是政客，有时也很难记得。

我沿石板路而上，走到前门，按响门铃。能听到屋内铃声和鸣。有脚步声走近房门。一个身材苗条、留黑色短发的女人拉开门。女人上身穿一件柠檬绿色毛衣，下身穿一条暗绿色裤子。绿色很适合她，与她眼睛的颜色相配，烘托出一袭羞涩气质，宛如森林仙女，楚楚动人。要是最近没有哭过的话，会更加妩媚。她红着眼圈，面容紧绷。

我自报家门，她邀请我进去，说我得原谅她，她这一天走霉运，什么都一塌糊涂，心情糟得很。

我跟着她步入客厅，在指给我的椅子上坐下。尽管她说什么都一团糟，可似乎没有什么是一团糟的。房间里一尘不染，陈设雅致，装饰保守、传统，却没有博物馆的感觉。到处都是镶着银色镜框的照片。立式钢琴上摊开一本乐谱。她捡起乐谱，合上，收入钢琴凳中。

“孩子们在楼上，”她说，“萨拉和詹妮弗今天早上去上学，在我听到消息之前就走了，中午回家吃饭，我就把她俩留家里了。埃里克明年才上幼儿园，总是待在家里。我不知道他们在想什么，也不知道该对他们说什么。电话一直响个不停。我真想把听筒摘下来，可万一事关重大呢？要是我真把听筒摘下来，就错过你的电话了。真不知道该怎么办。”她绞着双手，脸上的肌肉一阵抽搐。“对不起，”她的声音稳定了些，“我简直休克了，既麻木又紧张，整整两天，我不知道丈夫的下落。现在好歹知道了，人却被指控犯有谋杀罪，进了监狱。”她强迫自己深吸一口气，“想喝点咖啡吗？我刚刚煮好一壶。要不然，给你喝点有度数的。”

我说咖啡加威士忌就好。她去厨房端了两大马克杯咖啡回来。“我不知道该放哪种威士忌，也不知道该放多少，”她说，“酒柜在那边，喜欢什么，自己选吧。”

橱柜里存货充足，摆满昂贵的名酒。这并不令我感到惊讶，我从未见过不在圣诞节期间弄来许多酒的警察。对用现金打点有点不太自信的人来说，送一瓶或一箱像样的酒更简单易行。我向杯子里缓缓倒入一大口健康的野火鸡牌威士忌。我想这是一种浪费。一旦掺进咖啡里，一种波本威士忌的味道与另一种波本威士忌的味道就没什么两样了。

“这样喝好吗？”她双手捧着自己的马克杯，站在我身旁，“也许我应该尝尝，我平时很少喝酒，从来都不喜欢酒的味道。你觉得喝上一杯能让我放松吗？”

“大概不会有什么坏处。”

她伸出杯子。“有劳了。”

我给她斟满杯子，她用勺子搅动一番，试探着啜了一口。“哦，太好了，”她的声音几乎像个孩子，“暖暖的，不是吗？劲头很大吗？”

“度数和鸡尾酒差不多。咖啡可以抵消酒精的一部分作用。”

“你是说不会喝醉？”

“最终还是会喝醉的，但中途不会感到疲倦。你平时一杯就醉吗？”

“通常一杯就上头，恐怕是酒量不行，不过这种不至于伤到我。”

她看着我，我俩四目相对，彼此用眼神挑战了片刻。我当时不清楚，现在依旧不清楚，到底发生了什么，但我们目光相遇，通过无言的信息交流，一定当场达成了默契。尽管我们没有意识到达成了什么默契，甚至没有意识到之前有信息交流。

我打破凝视，从钱包里拿出她丈夫写的便条，递给她。她迅速扫一眼，又仔细看了一遍。“两千五百美元，”她说，“马上就要？”

“我可能会有些开销。”

“当然。”她将便条打了对折，又打了个对折，“我不记得杰瑞提过你的名字。你们认识很久了吗？”

“谈不上多久。”

“你在警队工作。你们共过事吗？”

“我以前做过警察，现在算是私家侦探。”

“算是？”

“没有执照的那种。在局里干了多年，没完没了地填表格，深恶痛绝。”

“深恶痛绝。”

“什么？”

“我说出声了？”她哧地笑起来，脸上容光焕发，“我从未听过哪个警察用‘深恶痛绝’这个词。哦，警察喜欢甩大词，但你知道，不是你这种大词。‘犯罪嫌疑人’是我最喜欢的措辞。‘罪大恶极之徒’也是极好的言辞。除了警察或记者，没有人管别人叫‘罪大恶极之徒’，记者与警察又不同，记者只是写下来，从不大声说出来。”我们的目光再次锁定，她的笑容消失了。“对不起，斯卡德先生。瞧，我又在喋喋不休了。”

“我喜欢你喋喋不休的样子。”

一瞬间，我以为她会脸红，但她没有。她吸了一口气，向我保证，我马上就会拿到钱。我说不急，她说没什么难的，还是早些了结为好。我坐下来喝咖啡，她离开房间，爬上一段楼梯。

几分钟后，她返身回来，拿着一卷钞票递给我。我展开钞票，放进夹克口袋里。都是五十美元、一百美元的大钞。

“你都不数数吗？”我摇摇头，“斯卡德先生，你对我可真信任。我相信你告诉过我你的名字，但我好像不记得了。”

“马修。”

“我的名字是戴安娜。”她拿起咖啡杯，一饮而尽，犹如吞下一剂猛药，“如果我说我丈夫昨晚和我在一起，会有用吗？”

“他是在纽约被捕的，布罗德菲尔德太太。”

“我刚刚告诉你我的名字。你不打算用吗？”她又记起了我们谈话的内容，语气随之一变。“是什么时候被捕的？”

“大约两点半。”

“在哪里？”

“在格林威治村的一套公寓里。自从卡尔小姐对他提出指控后，他一直躲在那儿。昨晚他中了圈套，被诱开，有人趁他不在，把那个叫卡尔的女人带到他的公寓里杀死，通知了警察。也可能是杀死后带到那里去的。”

“也许杰瑞杀了她。”

“说杰瑞杀了她，讲不通。”

她思前想后，采取了另一种策略。“公寓是谁的？”

“我不确定。”

“真不确定？一定是他的。哦，我一直相信他有。他有些衣服，我很久都见不到，忽然又穿回来，我猜一准儿是藏在城里什么地方。”她叹了口气，“我不清楚为什么要瞒着我。我就知道这么多，他也一定知道我知道，你不觉得吗？他以为我不知道他有别的女人吗？他以为我在乎吗？”

“你不在乎吗？”

她久久地凝视我。我以为她不会回答这个问题，但她到底还是回答了。“我当然在乎，”她说，“我当然在乎。”她低头看了看咖啡杯，发现杯子是空的，似乎很沮丧。“我再喝点咖啡，”她说，“马修，要不要再来点？”

“谢谢。”

她拿着杯子到厨房去。回来的路上，她在酒柜前停下，给两杯咖啡里添加有害物质。她拿着那瓶野火鸡的手很是大方，让我那杯酒水至少比我自己兑的要浓一倍。

她坐回到沙发上，坐得离我的椅子近了些，抿一口咖啡，从杯子上方看着我。“那个女的是什么时候被杀的？”

“根据我听到的最新消息，他们估计死亡时间是午夜。”

“他是在两点半左右被捕的？”

“大约是那个时候，没错。”

“嗯，这就简单了，不是吗？我可以说他是在孩子们睡觉后才回家的。他要见我，要换衣服。他和我一起，从十一点开始看电视，一直看到卡森秀节目结束，他回纽约，恰好到那里，就被逮捕了。这么说有毛病吗？”

“戴安娜，这么说完全于事无补。”

“为什么？”

“没有人会买账。唯一对你丈夫有好处的不在场证明必须是铁证，妻子的话证明不了什么，这么说毫无益处。”

“我早就知道没用。”

“当然。”

“马修，人是他杀的吗？”

“他说他没杀她。”

“你相信他吗？”

我点点头。“我相信是别人杀了她。故意诬陷他。”

“为什么？”

“阻止对警察局的调查。也可能是出于私人恩怨。假如有人有理由杀死波西亚·卡尔，你丈夫无疑是个完美的替罪羊。”

“我不是这个意思。你凭什么相信他是无辜的？”

我思虑再三，找到一些相当合理的理由，其中一个事实是：他脑袋灵光得很，不至于用如此愚蠢的方式杀人。就算他在自己的公寓里杀死那个女人，也不至于把尸体留在那里，宁愿花上几小时四处游荡，也不确立不在场证明。但我的理由都没那么重要，不值得向她重复。

“我只是不相信是他干的。我当过警察，做警察久了，就有职业本能，有种直觉。事情总有一种特定的感觉，倘若你还算优秀，自然知道如何把握。”

“我敢打赌你很优秀。”

“我还不错，有路数，有直觉。我太投入自己所做的事情，在工作中消耗了大量的精力。差别就在这儿。做真正感兴趣的事，全身心投入，才更容易得心应手。”

“于是你离开了警队？”

“是的。几年前。”

“自愿的？”她涨红了脸，抬手捂住嘴，“非常抱歉，”她说，“这样问很蠢，我不该多管闲事。”

“没什么蠢不蠢的。我是自愿离开的。”

“为什么？我知道这也不关我的事。”

“私人原因。”

“当然。非常抱歉，我感到威士忌上头了。能原谅我吗？”

“没什么，谈不上原谅不原谅的。是私人原因，仅此而已。或许哪天我会告诉你的。”

“或许你会的，马修。”

我们的目光再次相遇，连在一起，直到她突然吸一口气，猛地喝完咖啡杯里的液体。

她说：“你拿钱吗？我是说，当年在警队的时候。”

“拿一些，不过并没有因此发财。我不出去找钱，但到手的钱也不拒绝。我们不靠薪水生活。”

“你有老婆吗？”

“哦，因为我说了是我们，你才问的吧？离了。”

“有时候我会考虑离婚。当然，现在不能考虑了。丈夫有难，妻子要义不容辞地留在丈夫身边，经年累月地受苦受难。这才叫忠贞不贰。你笑什么？”

“我愿意用三个讨厌的来换一个忠贞不贰的。”

“成交。”她垂下眼睛，“杰瑞拿了很多钱。”她说。

“我早猜到了。”

“我给你那笔钱。两千五百美元。想象一下，有谁家里拿得出这么多现钱。我只需要上楼轻松地数一下。保险柜里还有好多呢，也不知道他究竟放了多少钱，我从来没数过。”

我什么也没说。她坐在那里，两腿在膝盖处交叉，双手整齐地叠在大腿上。黛绿色长裤衬出一双颀长的腿，翠绿色毛衣，一双薄荷绿色的俏眼。一双灵敏的手，手指修长，指甲修剪得体，没涂指甲油。

“他开始与那个特别检察官磋商之前，我甚至都不知道有这么个保险箱。我总是记不住那个人的名字。”

“艾布纳·普雷亚尼安。”

“就是这个名字。我当然知道杰瑞拿了钱。他从来没有明说过，但事情显而易见，而且他确实暗示过。他好像既想让我知道，又不想直接告诉我。很明显，我们并不靠他的合法收入生活。他花了好多钱给自己买衣服，我估摸他在别的女人身上也没少花钱。”她的声音几乎要崩溃，但她继续翩然而言，仿佛什么也没发生过，“一天，他把我拉到一边，给我看那个有密码锁的柜子，教我怎么打开，告诉我需要用钱尽管用，说他有来钱道儿，花完了还会有。”

“我刚刚才打开柜子，以前从来没打开过，更不用说数过或者怎么着了。我不想看，也不愿去想，不想知道里面有多少钱。说来有趣，你想听听吗？上周的一个晚上，我想离开他，可是要离开他，我又无法想象怎么能负担得起。我的意思是，我自己的经济条件不允许。我竟然根本没想过保险柜里就有钱，想都没想过。”

“我不清楚自己是不是一个很有道德的人。说真的，我想我不是。但是那里有那么多钱，你还不明白是什么意思吗？我不愿意去想一个人为了得到那么多钱会做什么勾当。马修，你觉得我说得有道理吗？”

“有道理。”

“也许他真杀了那个女人。我认为，假如他铁了心要杀一个人，而且真把人杀了，他不会有任何道德上的悔恨。”

“他执行任务时有没有杀过人？”

“没杀过。他倒是击伤过几个不法分子，但没有一人死亡。”

“他在部队服役时有没有杀过人？”

“他在德国驻扎过几年，从未参加过战斗。”

“他有暴力倾向吗，打过你吗？”

“没有，从来没有。有时我怕他，但我无法解释为什么。他从来没有给过我真正的恐惧的理由。只要男人敢打我，我一准儿离开他，不管他是谁。”她苦笑着说，“至少我认为我会的。但我也曾想过，只要男人敢在外面找女人，我就离开他。马修，为什么我们从来没有像自己想象的那样了解自己呢？”

“这个问题提得好。”

“我的好问题太多了。我根本不了解我男人。这是不是很不寻常？我嫁给他有些年头了，可还是不了解他，从来都不了解。他有没有告诉过你他为什么决定与特别检察官合作？”

“我还以为他会告诉你呢。”

她摇了摇头。“我一丝一毫头绪都没有。话又说回来了，我永远也搞不懂他做事的理由。他为什么要娶我？这又是个好问题。马修，我觉得这个问题太他妈好了。杰尔姆·布罗德菲尔德究竟看中了胆小如鼠的小女人戴安娜·卡明斯什么？”

“哦，得了吧。你一定知道你很性感。”

“我知道我不丑。”

“你可不仅仅是不丑。你双手搭在大腿上，宛如一对白鸽。男人会完全迷失在你的眼神中。”

“马修，我不太引人注目。”

“我不明白你的意思。”

“怎么说呢？让我想想看。你知道，有些演员，只要一走上舞台，就能吸引所有人的目光。就算有人正在演讲，风头也会被抢过去。人家就是有戏剧性，让你不得不瞩目。我不属于这种人，完全不属于。杰瑞一定属于这种人。”

“他的确很俊秀，可能与身高有关。”

“不仅仅是身高。他又高又帅，但还不只如此。他有一种气质。他走在街上回头率相当高。自打我认识他，他就一直这样。别以为他没下工夫。马修，我时不时看到他在装。我能认出他以前故意用过的不经意的手势，我一搭眼就知道是经过精心算计的。老实说，每每这种时候，我特别瞧不起他。”

外面，有一辆汽车经过。我们坐着，眼睛没有完全对视。我们倾听着远处街道上的声音，各怀心事。

“你说你离婚了。”

“是的。”

“最近离的？”

“好几年了。”

“有孩子吗？”

“两个男孩。归前妻抚养。”

“我有两个女孩，一个男孩。我一定告诉过你。”

“萨拉、詹妮弗、埃里克。”

“你记忆力真好。”她打量着自己的手，“要好些吗？离异？”

“我不知道。有时好些，有时糟些。实际上，我都不去想是好是赖，因为实在没有选择。好赖都要受着。”

“你前妻想离？”

“不，是我想离的。我是那个必须独自生活的人。我想离，但这事无关选择。也不知道这么说你能不能理解。我不得不一个人过。”

“你还是一个人生活吗？”

“是的。”

“你喜欢独身生活吗？”

“有人喜欢独身生活吗？”

她沉默了好一会儿，坐在那里，双手紧抓膝盖，头向后仰，双眼紧闭，思想内转。她依旧闭着眼睛，说：“杰瑞会怎么样？”

“很难说。除非发现有利证据，否则他就要受审。他可能会逃脱，也可能不会。要是有能干的律师，会把案子拖上很久。”

“他有可能被定罪吗？”

我迟疑了一下，还是点了点头。

“还要蹲监狱？”

“有可能。”

“上帝啊。”

她拿起杯子，低头盯着看，然后抬起眼睛，与我对视。“马修，我要不要再给咱们添些咖啡？”

“我不添了。”

“我要不要再来点咖啡，要不要兑些酒？”

“要是你需要的话。”

她想了想。“我需要的不是这个，”她断定道，“你知道我需要什么吗？”

我没说什么。

“我需要你过来坐在我身边，需要有人抱着我。”

我挨着她在沙发上坐下，她像一只寻求温暖的小动物，急切地钻到我怀里。她的脸贴着我的脸，非常柔软。她的呼吸热烈、芳香。我的嘴唇找到她的嘴唇，她一下子僵住了。然后，她仿佛意识到自己的决定已经达成，便在我怀里放松下来，回吻我。

她一度说："就让一切烦恼都消失吧。都消失吧。"之后，她一切尽在不言中，我也一切尽在不言中。

不久以后，我们又像之前一样坐着，她坐在沙发上，我坐在椅子上。她啜饮着没有加酒精的咖啡，我喝着一杯之前喝了一多半的不加冰块的纯波本威士忌，说着悄悄话。听见楼梯上响起脚步声，便打住了。一个大约十岁的女孩走进房间，模样与她的母亲很像。

女孩说："妈妈，咱和詹妮弗想——"

"我和詹妮弗。"母亲纠正道。

孩子演戏般叹了口气。"妈妈，我和詹妮弗想看电影《奇异之旅》，埃里克像只猪，想看动画片《摩登原始人》，咱和詹妮弗，我是说我和詹妮弗讨厌《摩登原始人》。"

"不能说埃里克是猪。"

"我没说埃里克是猪。我只是说他像头蠢猪。"

"这样说还有所区别。你和詹妮弗可以在我的房间里看节目。你们愿意吗？"

"为什么不叫埃里克去你的房间里看？妈妈，是他跑到我们房间里看我们的电视的。"

"我不想让埃里克一个人待在我的房间里。"

"唉，咱和詹妮弗也不想让埃里克单独待在我们的房间里，妈咪。而且——"

“萨拉——”

“好吧。我们去你的房间看。”

“萨拉，这是斯卡德先生。”

“你好，斯卡德先生。妈咪，我现在可以走了吗？”

“去吧。”

孩子上楼不见了，母亲低声打了个长长的口哨。“我不知道自己到底是怎么了，”她说，“我以前从没做过这样的事情。我不是说我是个圣人。我……去年有人和我有牵连。但是在我自己家里，上帝，而且孩子们都在家。万一萨拉闯进来，我根本不会听见。”她突然笑了。“就算发生了第三次世界大战我也不会听见。马修，你是个贴心男人。我不知道怎么发生的，但我不会为发生了这事找借口。我乐意。”

“我也是。”

“你知道你还没说出我的名字吗？你只叫我布罗德菲尔德太太。”

我曾大声说出她的名字，并多次默念。此刻，我又说了一遍：“戴安娜。”

“这就好多了。”

“戴安娜，月亮女神。”

“也是狩猎女神。”

“也是狩猎女神？我只知道月亮女神。”

“我不知道今晚月亮会不会出来。天已经黑了，不是吗？

真不敢相信，夏天去哪儿了？前几天刚刚还是春天，转眼已经十月。再过几周，我的三个印第安人就要穿上戏装，向邻居们勒索糖果了。”她的脸色乌云密布，“毕竟，家庭传统在这儿呢。敲诈勒索。”

“戴安娜——”

“还有一个月就要过感恩节了。好像我们三个月前刚刚过完感恩节。最多四个月前。不是吗？”

“我明白你的意思。日子过得和以往一样漫长，但岁月飞逝。”

她点点头：“我一直认为我的祖母疯了。她总是告诉我，等你长大了，时间就过得快多了。她要么是疯了，要么就是觉得我是个孩子，好骗。时间怎么可能随着年龄的增长而改变步伐呢？但有一点不同。一年是我生命的百分之三，是萨拉生命的百分之十，所以对我来说时间会飞，对她来说时间只是爬行。她急切地盼着时间匆匆而过，我却希望时间能慢一点。哦，马修，变老真没趣。”

“净说傻话。”

“是说我吗，为什么？”

“你还像个孩子呢，却偏要说自己已经老了。”

“一旦做了母亲，就不能再像孩子了。”

“太他妈对了。”

“马修，我在变老。看看，我今天比昨天老多了！”

“老了？但也青春了，不是吗？在某方面。”

“哦，是的，”她说，“你说得对。我甚至没有想过这一点。”

我喝干杯子后，站起来告诉她我得走了。她说要是我能留下来就好了，我说还是不留下来为好。她想了想，同意我说的可能是对的，但又说不管怎样，要是我能留下来该有多好。

“你会冷的，”她说，“太阳下山后，气温很快就会冷下来。我开车送你去曼哈顿。我开车送你吧？萨拉已经不小了，临时照看弟弟妹妹一会儿没问题。我开车送你，比坐地铁快。”

“戴安娜，我还是坐地铁吧。”

“那我就开车送你去车站。”

“我还是宁愿走走，醒醒酒。”

她端详着我，点点头：“好吧。”

“我一有消息就给你打电话。”

“要是没有消息呢？”

“即使没有消息也给你打电话。”

我伸手去搂她，但她退缩了：“马修，我想让你知道，我不会黏上你不放的。”

“我知道。”

“你不必觉得欠我什么。”

“过来。”

“哦，我的情人。”

在门口，她说：“你还要为杰瑞工作。会不会使事情变得复杂？”

“一般来说，事情总会变复杂。”我说。

外面很冷。我走到拐角处向北拐时，一阵狂风从身后刮来。我虽然穿着套装，依旧感到一阵强烈的寒意。

走在去地铁站的中途，我意识到，要是借一件布罗德菲尔德的风衣就好了。一个像杰瑞·布罗德菲尔德那样对服装热情满满的人，肯定会有三四件风衣，戴安娜会很乐意借给我一件。我没有想到这一点，她也没有主动提出。此刻，我觉得这样也无妨。到目前为止，我坐了他的椅子，喝了他的威士忌，拿了他的钱，睡了他的老婆。又何必非得穿上他的衣服在城里转悠呢。

地铁站台是高架的，与长岛铁路上的车站一个模样。显然，一列火车刚刚开过，尽管我没有听见。我是唯一在西行站台候车的人。渐渐地，其他人也加入进来，站在四处吸烟。

理论上讲，在地铁站吸烟是违法的，无论站台是在地上还是在地下。在地下，几乎每个烟民都遵守禁止吸烟的规则；在高架站台上，几乎所有烟民又都觉得可以随意吸烟。我搞不懂为什么会这样。地铁站，无论是地面上还是地下，防火性能都是一样的，空气又都特别污浊，即使吸烟也不会使空气状况恶化到哪里去。但是法律在一种情况下被遵守，在另一种情况下则经常被违反（而且没有人执法），没有人解释原因。

真奇怪。

火车终于来了。人们纷纷扔掉烟头，上车。我坐的那节车厢上满是涂鸦，异彩纷呈，但图案仅限于目前常见的绰号和数字。没有比“我们野是人”更富有想象力的。

我本没打算睡他老婆。

一度，我甚至都没有考虑过这事；一度，我知道这事肯定会发生。这两个点在时间上非常接近。

很难说清楚为什么会这样。

我不经常遇到想要的女人。这种情况越来越少发生了，要么是因为衰老过程导致的某些方面的问题；要么是因为我个人的蜕变。一天前，我遇到过一个我想要的女人，由于种种已知和未知的原因，我什么也没做。现在再也没有机会了。

也许我脑子里的白痴细胞设法说服了我自己：要是我不把黛安娜·布罗德菲尔德放倒在她家客厅的沙发上，就会有疯子来杀了她。

车厢里很暖和，但我不由得浑身一颤，仿佛依旧站在高架站台上，被一阵刺骨的寒风扫过。这是一年中最好的时候，也是一年中最悲伤的时候。冬天就要来了。

第七章

旅馆中还有更多留言在等着我。安妮塔又打了一次电话，艾迪·科勒打了两次。我走过电梯，转弯到公用电话旁，给伊莱恩打电话。

“我说过不管怎样都打电话给你，”我告诉她，“我今晚不去了。也许明天吧。”

“好的，马特。有要紧事吗？”

“还记得咱们之前谈过的吗？要是能在那个问题上多找到些信息，我不会亏待你的。”

“我不知道，”她说，“我不想把脖子伸出来冒险。我喜欢保持人们所说的低姿态。本本分分地干活，一分一毫地攒钱，准备养老。”

“攒钱投资房产，对吗？”

“嗯哪。皇后区的公寓。”

“很难把你和房东太太联系起来。”

“租户见不到我。有管理公司包办一切。替我打理这事的人，我认识，很专业。”

“哈哈。发财了？”

“还行。我可不想将来像那帮百老汇的老太太一样，每天靠一块钱糊口。绝不。”

“既然如此，你何不问几个问题，赚上一笔嘛。如果你感兴趣的话。”

“我可以试试。你保证绝不让我的名字出现，对吧？你只是想让我想办法帮你找到突破口。”

“没错。”

“好吧，我试试看。”

“伊莱恩，做就对了。我明天去你那儿。”

“提前打电话。”

我上楼，踢掉鞋子，倒在床上，伸展四肢，闭上眼睛，静了一两分钟。我昏昏欲睡，但还是强迫自己坐起来。床头柜上的波本威士忌酒瓶是空的。我把瓶子扔进废纸篓，又查看一下橱柜。有一品脱未开封的占边威士忌在等着我。我打开瓶盖，仰头喝了一口。占边威士忌不及野火鸡有劲，但聊胜于无，确实起到了酒该起的作用。

艾迪·科勒想让我给他打电话，但我找不出不能等一两天再谈的理由。我能猜到他要告诉我什么，根本不是我想听的。

我拿起电话打给安妮塔时，肯定已经八点一刻左右了。

我俩之间没有太多话可说。她告诉我最近开销大，她做了牙根管手术，儿子们似乎一下子长起来，所有穿戴都小了，不合身，要是我能额外给几块钱，就太好了。我说我恰好找到了活儿干，明天上午会给她寄一张汇款单。

“马特，这可帮了大忙。但我一直给你留言的原因是，儿子们想和你谈谈。”

“当然。”

我先和米奇通话。米奇实际上没说什么。学习还好，一切都好——跟往常一样，唠唠叨叨、不假思索、漫不经心。然后他让他的哥哥接电话。

“爸爸？童子军搞活动，就像观看网队主场揭幕战对阵乡绅队这样的活动。说是父子间的亲子活动，你知道吗？他们通过童子军买团票，大家都坐在一起。”

“你和米奇想去吗？”

“哦，我们可以去吗？咱和米克都是网队的球迷，网队今年应该会打得很棒。”

“我和詹妮弗。”

“啊？”

“没什么。”

“唯一的问题是，门票有点贵。”

“多少钱？”

“嗯，一个人十五美元，里面包含晚餐费和到体育馆的巴士费。”

“如果你不吃晚餐，要付多少钱？”

“嗯？我不——哦。”他咯咯笑起来，“嘿，真是太棒了，”他说，“让我告诉米奇。‘爸爸想知道如果你不吃晚饭，需要付多少钱。你不明白吗，笨蛋。’‘爸爸？’‘如果你不坐巴士，要花多少钱？’”

“就是这个意思。”

“我敢打赌晚餐一定是皇家奶油鸡。”

“总是皇家奶油鸡。听着，费用没有问题，要是座位还算不错的话，听起来也还划算。什么时候？”

“呃，从明天开始还有一个星期。周五晚上。”

“时间上可能有点麻烦。这么晚才通知我。”

“这次开会他们才通知我们。我们能去吗？”

“我不知道。我手头有个案子，不知道要多久。或许我中间能抽出几小时来。”

“我猜案子很重要，是吗？”

“我要帮助的那个家伙被控谋杀。”

“是他干的吗？”

“我认为不是，但认为不是和知道如何证明不是不一样。”

“难道警察就不能调查解决吗？”

我心想，问题是警察不想调查解决啊。我说：“唉，警察认为我的朋友有罪，懒得进一步调查。所以他雇我为他工作。”我揉搓开始抽动的太阳穴，“听着，我们这样。你先去安排一下，好吗？我明天要给妈妈寄点钱，我会多寄四十五美元买票钱。如果我去不成，我会告诉你，你俩可以放弃一张票，自己跟别人搭伴去。怎么样？”

电话那端一阵沉默：“问题是，杰克说要是你去不了，他可以带我们去。”

“杰克？”

“杰克是妈妈的朋友。”

“嗯。”

“可你知道，应该是亲子活动，杰克又不是我们的父亲。”

“对。稍等一下，好吗？”我其实并不需要喝酒，但我看不出再喝会对我有什么伤害。我盖上瓶盖，说：“你们和杰克相处得怎么样？”

“哦，他还好。”

“那就好。好吧，听听这么安排怎么样：要是我能去，就带你们去。要是我不能去，你们就把我的票给杰克，让他带你们去。好吗？”

事情就这样定了。

在阿姆斯特朗酒吧，我遇到四五个认识的人，点头打过招呼，但没有找到要找的人。我在桌旁坐下。翠娜过来时，我问她道格拉斯·福尔曼是否来过。

“你晚了一小时，”她说，“他来过，喝了一杯啤酒，兑现了一张支票，就离开了。”

“知道他住哪儿吗？”

她摇摇头：“就住这一带，但不清楚具体住址。为什么？”

“我想和他取得联系。”

“我问问唐。”

但唐也不知道。我吃了一碗浓豌豆汤和一个汉堡包。翠娜给我端来咖啡后，便在我对面坐下，用手背托住小巧的尖下颏。“你的情绪有些怪。”她说。

“我心情一直不好。”

“我是说，比平时还怪。你要么在工作，要么在为什么事焦躁。”

“也许两方面都有。”

“你是在工作吗？”

“嗯。”

“这就是你找道格拉斯·福尔曼的原因吗，你在为他工作吗？”

“为他的一个朋友工作。”

“试过电话簿吗？”

我用食指点了点她小巧的鼻尖。“你应该当个侦探，”我说，“可能会比我做得好很多。”

只是道格拉斯·福尔曼不在电话簿里。

在曼哈顿的电话名录中，有二十多个姓福迩曼的，是福尔曼的两倍，还有几个姓福尔满和福尔明的。我躲在旅店里，把电话簿中的这些姓氏都找出来，然后到楼下公用电话亭去打电话，时不时地停下来向维尼要些角币。从客房打电话要花双倍电话费，犯不着白白浪费好多一角钱。我试过阿姆斯特朗酒吧两英里半径内所有跟福尔曼读音差不多的姓氏。也试过所有像我的作家朋友一样姓福尔曼的，其中还包括几个同名同姓的，但没有联系到任何认识他的人，花了很多角币之后，只得放弃。

我十一点左右回到阿姆斯特朗酒吧，也有可能稍晚一点。几个护士占据了我惯坐的位置，我只好在旁边另找一张桌子。我飞快地瞥了酒吧里的人一眼，确定福尔曼不在。翠娜急忙跑过来说：“别看，也别动，酒吧里有人一直在打听你。”

“我不知道你不动嘴唇也能说话。”

“离前面三张凳子远。大块头，戴一顶帽子，不知道现在是不是还戴着帽子。”

“还戴着。”

“你认识他？”

“你不如放弃这份苦差事，去当个腹语术者算了。”我建议道，“要不然，你也可以去演老式的监狱题材片，要是还有人拍摄这种影片的话。年轻人，他读不到你的唇语。你是背对着他的。”

“你知道他是谁吗？”

“嗯嗯。不要紧。”

“要我告诉他你在这儿吗？”

“不必了。他正走过来。去找唐问问，他喝的什么，给他续杯。我跟平时一样。”

我看着艾迪·科勒走过来，拉开一把椅子，坐下。我们互相打量，用眼神小心评估对方。他从夹克口袋里掏出一支雪茄，拆开，又拍拍口袋，找到一根牙签，把雪茄末端戳透，耐心地点雪茄，把它在火焰中转动，使它均匀燃烧。

直到翠娜端着饮料回来，我们依旧没有开口。他的饮品似乎是苏格兰威士忌和水。她问他要不要混着喝，他点了点头。她把酒和水调制好，放在他面前的桌子上，然后给了我一杯咖啡和两杯量的波本威士忌。我呷了一小口纯威士忌，把剩下的倒进咖啡里。

艾迪说：“逮着你可真困难。我给你留了几条信息。我猜你一直没有回旅馆，所以没收到。”

“收到了。”

“我之前查的时候旅馆服务员也是这么说的。我猜你给我打电话时，我的电话一定占线。”

“我没打电话。”

“是吗？”

“艾迪，我有事要做。”

“忙到没工夫给老朋友打电话了，是吧？”

“我本来打算早上给你打电话。”

“啊哈。”

“反正，明天某个时候。”

“啊哈。今晚你很忙。”

“没错。”

他似乎第一次注意到自己的酒。他看着杯子，仿佛生平第一次见了酒似的。他把雪茄换到左手，用右手举起杯子，送到鼻子前闻闻，看着我。“闻起来像我刚刚喝过的。”他说。

“我叫她给你上一样的酒。”

“不是什么昂贵东西。施格兰牌苏格兰威士忌。我多年来一直喝这个牌子的。”

“没错，你以前一直喝这个。”

他点点头：“当然，我一天最多喝两三杯。两三杯——我猜也就相当于你早晨一顿的量，对吧，马特？”

“唉，没那么严重，艾迪。”

“没那么严重？很高兴听你这么说。你知道，你会听到些风言风语，并会为之惊诧。”

“我能想象出来。”

“当然能。好吧，不管怎样，你为什么想喝酒？要特别敬给谁？”

“没什么特别的。”

“说到特别，敬给特别检察官怎么样？你反对为艾布纳·普雷亚尼安先生举杯祝酒吗？”

“随你的便。”

“很好。”艾迪举起酒杯，“敬普雷亚尼安，愿他暴毙，愿他腐烂。”

我举起自己的咖啡杯，碰了他的酒杯，各自喝了一口。

“你不反对为他祝酒吧？”

我耸耸肩：“你开心就好。我不认识我们祝酒的对象。”

“你从没见过那个狗东西？”

“没见过。”

“我见过他。就是一个油腻的小鸡佬。”艾迪又抿了一口酒，恼怒地摇摇头，把杯子放在桌上。“噢，去他妈的。马特，我们认识多久了？”

“好几年了，艾迪。”

“我想是的。你和布罗德菲尔德这样的白痴在一起干什么，能告诉我吗？你跟布罗德菲尔德玩的哪门子游戏？”

“他雇了我。”

“雇你做什么？”

“找证据为他洗脱罪名。”

“想办法使他逃脱谋杀指控，他要你做的就是这个。你知道他是什么货色吗，你知道吗？”

“我相当清楚。”

“他想把整个警局都掀翻，他就是这么打算的。他要帮助那个贩卖地毯出身的乡巴佬揭露警局高层的腐败。天哪，我恨死这个懦夫了。你见过的警察，就没有比他更腐败的，要多腐败有多腐败。马特，我是说他像打猎一样出去追逐腐败，不仅仅把人家送的照单全收，还主动猎取贿赂，像疯了一样出去侦查，寻找地下赌局、毒贩，无所不找，却不逮捕他们。只有他们身上没钱时，他才将他们押回警察分局。他这人假公济私，警徽就是他行窃的执照。”

“这些我都知道。”

“你都知道，可你还在为他工作。”

“如果他没有杀那个女人呢，艾迪？”

“人是在他的公寓里死翘翘的。”

“你以为他会蠢到在自己公寓里杀人，还要把尸体留在公寓里吗？”

“哦，妈的。”艾迪吸了一口雪茄，烟头泛起红光，“他从公寓里出来，去扔凶器，就是袭击她的那玩意儿和刺死她的刀具。比如说他去河边，把凶器扔河里了，然后在什么地方停下来，喝了几杯啤酒。这个狗娘养的不但自大，还有点疯狂。然后，他回来取尸体，打算抛尸，但那时我们已经在现场埋伏好警力，准备抓捕。”

“就这样他直接走进了警方的怀抱。”

“所以？”

我摇摇头：“所以讲不通啊。他可能有点疯狂，但肯定不傻，按你的说法，他的表现与白痴有什么两样？你的弟兄们一开始是怎么知道去那间公寓的？报纸上说有人打电话提供了线索。对吗？”

“没错。”

“匿名电话？”

“匿名电话。所以呢？”

“所以说这线索来得真是得心应手啊。谁会知道布罗德菲尔德杀人？受害人尖叫了吗？还有人听到吗？线索来自哪里？”

“谁报案有什么区别吗？也许有人朝窗户里看了看。打电话的人说有个女人在某某公寓里被谋杀了。一对警察赶到那里，发现一个女人头部肿起，背部有刀伤，已经死亡。谁在乎报料人是怎么知道她在那儿的？”

“这种情况可能会对案情产生影响。比如说，假如是报料人把尸体放在那里的。”

“噢，得了吧，马特。”

“你们没有确凿证据。完全没有。证据全都是间接的。”

“凭借间接证据就足以盖棺定论了。他有作案动机，有机会，那个女人死在他该死的公寓里。看在上帝的分儿上，这些还不够吗，还想要什么证据？他完全有理由杀她。她把他钉在墙上，他当然恨不得让她死。”他又喝了些酒，继续说：“你知道，你以前是个极其出色的警察。这些天你总喝得醉醺醺的，这也许影响了你的判断力。这事你管不了。”

“可能管不了。”

“哦，见鬼。”艾迪重重叹了口气，“马特，你尽管拿他的钱好了。男人必须谋生。我知道生活不容易。别碍事就行，好吗？尽管拿他的钱，把他骗个精光。这种事他自己没少干。咱给他来个以其人之道还治其人之身，也玩玩他。”

“我认为人不是他杀的。”

“妈的。”艾迪拿过嘴里的雪茄，定定地看了会儿，又叼在嘴里，一番吞云吐雾后，放软了语气说：“马特，你知道，警局最近很干净。比几年前干净。过去做黑账那一套几乎统统被淘汰。毫无疑问，现在仍有一些人赚大钱，但以前那种由袋子大盗直接成口袋送钱，在整个警区分发的制度，已经看不到了。”

“即使在郊区也看不到吗？”

“嗯，有一个辖区可能还是有点脏。那里很难保持干净。你知道怎么回事。不过，除此之外，经过洗牌，整个部门还是不错的。”

“所以？”

“我们自己监管自己，整顿卓有成效，可这个浑蛋又让我们看起来像狗屎一样，就因为一个浑蛋想当天使，另一个浑蛋地毯贩子想当州长，很多好人都得靠墙站起来受罚。”

“这就是你恨布罗德菲尔德的原因，但是——”

“你说得太对了，我恨他。”

“——但你为什么想看到他进监狱？”我探身向前，“艾迪，他已经完蛋了。彻底败了。我和普雷亚尼安的一位员工谈过。他已经毫无用处，即使明天就可以脱身，普雷亚尼安也不敢用他。从你们的角度看，陷害他的人已经做足功课。我去找凶手有什么不对吗？”

“凶手已经抓到，就关在死人墓的牢房里。”

“艾迪，假设你是错的，然后会怎么样？”

他死死盯着我。“好吧，”他说，“假设我错了。假设那家伙像雪一样纯洁。假设他一辈子从未做过坏事。假设别人杀了那个叫什么的人。”

“波西亚·卡尔。”

“对了。有人故意陷害布罗德菲尔德，让他摔跟头。”

“所以？”

“你去追那个陷害他的人，抓到他。”

“所以？”

“那人是警察。除了警察，还有谁有这么充分的理由把布罗德菲尔德送上法庭呢？”

“哦。”

“哼，就是警察。看起来棒极了，不是吗？”他下巴对着我，喉咙里筋脉绷紧，眼睛怒不可遏。“我不认为事情就是这样，”他说，“在我看来，布罗德菲尔德和犹大一样有罪，但如果布罗德菲尔德没罪，就意味着有人做了手脚，想给这个浑蛋应得的惩罚。做这事的除了几个警察还有谁？这么做看起来很漂亮，不是吗？一名警察杀害一个女人，栽赃给另一名警察，以阻止其对警察腐败的调查。这事办得真漂亮。”

我想了想：“如果事情真是这样，就是说你宁愿看到布罗德菲尔德无辜坐牢，也不愿看到真相大白于天下。你是这个意思吧？”

“呸。”

“艾迪，你是这个意思吗？”

“哦，看在上帝的分儿上，别说了。马特，我宁愿看到他死，哪怕我不得不亲自把他该死的脑袋炸掉。”

“马特，你没事吧？”

我抬头见是翠娜。她围裙已经脱了，外套搭在胳膊上。“你要走了？”

“我刚下班。你喝了很多波本威士忌。我只是想知道你是否没事。”

我点点头。

“和你说话的那个人是谁？”

“一个老朋友，是个警察，第六分局副局长。第六分局就在村子里。”我端起酒杯，没有喝，又放下了，“他差不多是我在警队里最好的朋友。算不上铁哥们儿，但关系融洽。当然，这几年疏远了。”

“他要干什么？”

“他只是想谈谈。”

“他走后你看起来很沮丧。”

我抬起头看看翠娜。我说：“问题是，弄到谋杀这一步，性质就变了。夺人性命，性质就完全不同了。谁杀了人都不应该逍遥法外。谁杀了人都休想侥幸逃脱。”

“我不明白你的意思。”

“可恶，布罗德菲尔德没杀人。不是他干的，他是无辜的。可没人在乎。我认识艾迪·科勒。艾迪·科勒是个好警察。可艾迪·科勒也不在乎。”

“马特——”

“但他不在乎。他想让我得过且过，全无作为，因为他想让那个可怜的浑蛋因为莫须有的谋杀罪进监狱，让真凶逍遥法外。”

“马特，我不明白你在说什么。听着，别喝了，好吗？你并不需要喝酒，对吧？”

我觉得一切都清清楚楚。我不明白为什么翠娜似乎听不明白。我口齿毫不含糊，可我思流涌动，像水晶一样清澈。

“像水晶一样清澈。”我说。

“什么？”

“我知道他想要什么。别人弄不明白他想要什么，但他的意图明摆着呢。你知道他想要什么吗，戴安娜？”

“马特，我是翠娜。亲爱的，你不知道我是谁吗？”

“当然知道。只是一时口误。宝贝，你不知道他想要什么吗？他想要荣誉。”

“马特，谁想要荣誉？和你说话的那个人？”

“艾迪？”我对这个想法嗤之以鼻，“艾迪·科勒才他妈不在乎荣誉呢。我说的是杰瑞，善良的老杰瑞。”

“啊哈。”翠娜把我的手指从酒杯上掰开，夺走杯子，“我马上回来，”她说，“马上就来，马特。”说完她就走了，不久又回来。她离开桌子时，我可能一直在和她说话，但又不太确定说没说话。

“马特，回家吧。我送你回家，好吗？要不你今晚去我家？”

我摇摇头：“不能去你家。”

“当然可以去。”

“不行。我得去见道格·福尔曼。宝贝，见到老道格很重要。”

“你在电话簿里找到他了吗？”

“对啦。那本书。宝贝，他能把我们都写进书里。这就是他加入的原因。”

“我不明白。”

我心中恼火，皱起眉头。我讲得合情合理，我不明白为什么翠娜显然不明白我的意思。翠娜是个聪明姑娘，聪明姑娘应该能明白。

“支票。”我说。

“马特，你已经结完账了，还给了我小费，给了我太多小费。快，请站起来，这才像个天使。哦，宝贝，整个世界都跟你过不去，不是吗？没关系。你一直帮我振作起来，也让我偶尔帮你一次，行吗？”

“翠娜，支票。”

“我刚刚告诉过你，你付了支票，而且——”

“福尔曼的支票。”我已经站起来，说话清楚了些，头脑也清醒了些，“他今晚早些时候在这里兑付了一张支票。你是这么说的。”

“所以？”

“支票会在账簿上，不是吗？”

“当然。那又怎么样？听着，马特，我们出去呼吸新鲜空气吧，你会感觉好很多。”

我抬起一只手。“我没事，”我坚持道，“福尔曼的支票在账簿里。问问唐能不能看一下。”她还是没有明白。“他的住址，”我解释道，“大多数人的支票上都印着住址。我早该想到的。去看看，好吗？拜托。”

支票还在账簿里，上面有福尔曼的住址。翠娜回来把住址念给我听。我把我的笔记簿和钢笔递给她，让她帮我抄下来。

“马特，你现在不能去，太晚了。你这个样子，也去不成。”

“太晚了，酒也喝太多了。”

“等早上——”

“翠娜，我一般不会喝这么醉，不过我没事儿。”

“宝贝，你当然没事儿。咱们出去透口气吧。看到了吗？已经好多了。宝贝听话。”

第八章

早晨，我身体很不舒服，吞服一些阿司匹林，下楼到红焰餐厅喝了很多咖啡，感觉略微好了些。我的手微微颤抖，胃里不停地翻江倒海，想要呕吐。

我真想喝上一杯。可想归想，我知道不能再喝了。我有事要做，有地方要去，有人要见，只得被迫喝咖啡。

在第六十街邮局，我买下一张一千美元的汇票和一张四十五美元的汇票，在信封上写好地址，把两张汇票都寄给安妮塔。然后，我拐过街角，走到第九大道的圣保罗大教堂。我一定在教堂里坐了十五到二十分钟，什么都没有特别去想。出门前，我在圣安东尼塑像前停下，为不在的朋友点上几支蜡烛。一支点给波西亚·卡尔，另一支点给爱斯特丽塔·里维埃拉，还有几支点给另外几个人。我把五张五十美元大钞投进济贫箱的槽口里，走出教堂，步入寒冷的晨雾中。

我和教堂保持着一种奇怪的关系，我自己也不能完全理解。这种关系开始于我搬到第五十七街，住旅馆后不久。我开始花时间在教堂里流连，开始点蜡烛，进而发展到开始奉献什一税。最后一点是最奇怪的部分。我从赚到的钱中拿出十分之一，捐给自己收到钱后碰巧作短暂逗留的第一座教堂。我不清楚教会用捐款做什么。他们可能会把一半的钱花在让快乐的异教徒皈依上，用剩下的一半为神职人员购买大轿车。但我一直把钱给他们，并一直想不通为什么。

天主教得到了我奉献的大部分钱。他们的工作时间很长，教堂通常是开放的。否则，我是不分教派的，要多普世有多普世。布罗德菲尔德付给我的第一笔款项，有十分之一到了波西亚·卡尔家附近圣公会所属的圣巴塞洛缪教堂。现在，布罗德菲尔德支付的第二笔款项有十分之一到了圣保罗教堂。

天知道为什么。

道格·福尔曼住在第九大道，在第五十三街和第五十四街之间。一楼五金店左边，有一道门廊，上面挂着一块牌子，写着每周或每月是否有配家具的房间可供出租。门厅里没有邮箱，也没有单独的蜂鸣器。我按响内门旁边的门铃，候在那儿。一个头发像指甲花一样鲜艳的女人拖着脚步走到门口，把门打开。女人身穿一件格子呢长袍，脚上趿拉一双破旧的卧室拖鞋。“满了，”

她说，“往前走，到第三扇门试试，他通常都有空房间。”

我告诉她我来找道格拉斯·福尔曼。

“四楼临街一面，”她说，“他在等你？”

“在等我。”尽管福尔曼先前没有约我，我也只能这么说。

“他经常很晚才起床。你可以上去。”

这栋楼连同房客都已经自暴自弃。我爬了三层楼梯，穿过整栋楼散发出的酸味，惊讶于福尔曼竟然住在这样一个地方。地狱厨房破烂不堪，住在这种分租屋里的男人通常不会把住址印在支票上，通常也没有支票账户。

我在福尔曼的门前站住。里面，收音机正在播放，接着迸发出一阵飞快的打字声，过后，除了收音机声，又归于寂静。我敲了敲门，听到椅子被推开的声音，接着传来福尔曼的声音，问是谁。

“斯卡德。”

“马特？稍等。”我等了片刻，门开了，福尔曼满面笑容。“快进来，”他说，“天哪，你气色这么差，是感冒还是怎么了？”

“昨晚很辛苦。”

“喝咖啡吗？我可以给你冲一杯速溶咖啡。你是怎么找到我的，这不是职业秘密吧？侦探一定都善于找人。”

他忙前忙后，插上电茶壶，量出些许速溶咖啡放进一对白瓷杯里，口中滔滔不绝，说个不停。我忙着打量他的住处，没有留神听。

这里颇出乎我的意料，虽然只有一个房间，却很宽敞，大约有十八英尺宽，二十五英尺长，有两扇窗户，可以俯瞰第九大道。使房间与众不同的，是房间和房间所在的建筑之间巨大的反差。来到福尔曼的玄关处，大楼的单调和衰败统统戛然而止。

地板上铺设了一块地毯，要么是正宗波斯地毯，要么是令人信服的仿制品。墙壁上排列着从地板直通天花板的嵌壁式书架。一张足足十二英尺长的书桌伸在窗前，也是内嵌式的。就连墙上的油漆也与众不同，墙壁本身没有覆盖书架的地方漆成深象牙色，饰边衬以光滑的白色珐琅。

福尔曼见我把这一切都看在眼里，两眼在厚厚的眼镜片后面因快乐而闪烁："每个人都有这样的反应，"他说，"爬楼梯时，感觉特别压抑，对吧？可你一走进我这小巧的隐居处，见里面这么惹眼，不免为之一惊。"水壶响了，他给我们冲咖啡，"实际上这并非有意计划的，"他说，"十几年前，我把这里租下来，因为付得起房租，别的地方我实在租不起。这里每周租金十四美元。说实话，有好些个星期，要凑足十四美元可真费劲。"

他搅好咖啡，递给我一杯："后来我谋到了生路，但即便如此，我还是有点犹豫要不要搬家。我喜欢这里的位置和邻里感，甚至喜欢这个街区的名字——地狱厨房。要是你打算成为作家，还有什么地方比地狱厨房更宜居呢？另外，我不想负担大笔房租。我能搞到代笔委托，替人捉刀，还建立起一份了解我工作的杂志编辑名单。但即便如此，写作终归不是一项稳定的业务，我不想每个月都背负大麻烦。所以我所做的是，开始修复这个地方，使这里可以忍受。一次做一点。第一件就是安装完整的防盗警报系统。我特别担心会有人破门而入，抢走打字机；第二件是书架，因为我厌倦了把书都堆在纸箱里；然后是书桌；最后我把破床丢掉。那床太旧了，想必当年乔治·华盛顿一定睡过。我买了这张大平床，必要时能睡下八个人。渐渐地，整个地方合而为一。我挺喜欢的，再也不打算搬家了。”

“这儿适合你，道格。”

他急切地点点头：“是的，我想是的。几年前，我开始惴惴不安，想到人家随时可以把我踢出去。我在这里投资了一大笔钱，万一人家提高租金，我该怎么办？我的意思是，天哪，我还在按周付租金。租金是涨了，大概每周二十美元。但万一涨到每周一百美元呢？要知道，谁晓得人家打什么算盘？所以我告诉他们，我每个月付一百二十五美元。此外，还私底下塞给他们五百美元现金。为此，我想签为期三十年的租约。”

“他们跟你签了？”

“在第九大道租房的，你听说过有谁肯一出手就租三十年？他们以为运气好，撞上个十足的白痴。”他咯咯笑了，“最重要的是，他们出租的房间，每周租金从来没有超过二十美元的，而我私底下给出三十美元以上的现金。他们起草一份租约，我签了字。你知道在这一带要花多少钱才能租到同等面积的单间公寓吗？”

“现在？二百五十美元，三百美元。”

“三百美元都是少的。我依旧付一百二十五美元。再过两三年，这个地方一个月就值五百美元。如果通货膨胀持续下去，可能会涨到一千美元。我还是付一百二十五美元。有个家伙在第九大道到处收购房产。总有一天，他们就会像打保龄球一样，开始把这些建筑统统拆掉。但是他们必须要么买下我的租约，要么等到一九九八年才能拆掉这幢楼。我的租约要等到一九九八年才到期。漂亮吧？”

“道格，你这买卖真划算。”

“马特，这是我这辈子做过的唯一一件聪明事。这事我也没想到。起初只是住舒服了，不想搬家。”

我尝一口咖啡，口味并不比早餐喝的差多少。我说：“你和布罗德菲尔德是怎么成为好哥们儿的？”

“是啊，我猜你就是为这事来的。他疯了吗，还是怎么了？他为什么要杀她？他完全没有理由杀她嘛！”

“我知道。”

“他给我的印象是性情平和。他这种身材的人必须保持稳定，否则会造成太大的伤害。像我这样的人可以是火暴脾气，一点就着。不过也没关系，因为我需要一门大炮才能造成破坏，但布罗德菲尔德——我猜他气炸了肺，把她弄死了，对吧？”

我摇摇头：“有人袭击了她的头部，把她打晕，又用刀捅死了她。这样做不是一时冲动。”

“听你的口气，好像你认为不是布罗德菲尔德干的。”

“我肯定他没干。”

“天哪，我希望你是对的。”

我打量着福尔曼。宽大的前额和厚厚的眼镜片使他看上去像一只极聪明的虫豸。我说：“道格，你是怎么认识布罗德菲尔德的？”

“我曾经写过一篇文章，得找警察谈话调查，他就是其中一个。我们俩很投缘。”

“什么时候？”

“大概四五年前吧。怎么了？”

“你们只是朋友？他遇到危险时为什么找你？”

“嗯，马特，我觉得他朋友不多，何况，他又不能求助于警察朋友。他有一次告诉我，警察在警队之外通常不会有很多朋友。”

这倒是真的。但布罗德菲尔德似乎在警队也没有什么朋友。

“道格，他一开始为什么要去找普雷亚尼安？”

“见鬼，别问我。要问就问布罗德菲尔德。”

“可你知道答案，不是吗？”

“马特——”

“他想出书。就这样，不是吗？他想弄出足够大的动静来，红起来，他需要你为他捉刀。成了名，他就可以参加所有的电视脱口秀节目，笑出逗人喜欢的笑容，对各路要人直呼其名。所以你就派上了用武之地。这是你唯一能出场的方式，这也是促使他去艾布纳·普雷亚尼安办事处的唯一原因。”

福尔曼不肯看我的眼睛："马特，他想让我替他保密。"

"当然。火了之后，他'碰巧'会写一本书，以响应大众的要求。"

"书出来后有可能成为重磅炸弹。不仅是他在调查中扮演的角色，还有他的一生，他讲的东西令人如醉如痴，我从未听过那么有趣的事情。我倒是希望他能允许我录音。可惜啊，一点都没有录下来。我听到他杀了波西亚的消息时，顿时觉得我一生仅有的机遇算是化为泡影了。但如果他真是无辜的——"

"他是怎么想到要出书的？"

福尔曼犹豫不决，但终于耸了耸肩："你全知道也好。如今警察题材的书火得很，出书是很自然的想法，但点子可能不是他自己想出来的。"

"是波西亚·卡尔想出来的。"

"没错，马特。"

"是她建议的吗？不，这说不通。"

"她说她自己要出一本书。"

我放下杯子，走到窗前："什么书？"

"不知道。我想是《快乐勾魂客》之类的吧。有什么区别吗？"

"哈德斯蒂。"

"啊？"

"我敢打包票，这就是布罗德菲尔德去找哈德斯蒂的原因。"

福尔曼茫然地看着我。

“诺克斯·哈德斯蒂，”我说，“联邦地方检察官。布罗德菲尔德在找普雷亚尼安之前找过哈德斯蒂。我问他为什么去找哈德斯蒂，他的回答却不大符合情理。去找普雷亚尼安才合乎逻辑。警察腐败属于普雷亚尼安特别关注的领域，在联邦检察官哈德斯蒂那里，处理警察腐败问题并非他的分内之事，没什么分量。”

“所以？”

“布罗德菲尔德应该明白这一点。只有他觉得自己有利可图，才会选择哈德斯蒂。他可能是从波西亚·卡尔那里得到出书的想法的，也许也是从同一个地方了解到哈德斯蒂的。”

“波西亚·卡尔和诺克斯·哈德斯蒂之间有什么关联？”

我告诉他这是个好问题。

第九章

哈德斯蒂的办事处位于联邦广场二十六号，与司法部纽约分部的其他部门在同一个地方。这让哈德斯蒂离艾布纳·普雷亚尼安只有几个街区之遥。我怀疑布罗德菲尔德在同一天顺道把两个人都拜访了一遍。

我提前打过电话，以确定哈德斯蒂既没有出庭，也没有出城。哈德斯蒂的确没有出庭，也没有出城，但秘书告诉我，哈德斯蒂因为胃肠感冒，没有来上班，因此我省了一次去市区的旅行。我索要哈德斯蒂的家庭住址和电话号码，但秘书因未经允许，不肯给我。

幸好电话公司没有受到类似限制，名录里有哈德斯蒂。哈德斯蒂，诺克斯，东端大道一百一十四号，还有一个通过丽晶街四号交换台的电话号码。我拨打这个号码接通哈德斯蒂。哈德斯蒂说起话来给人一种感觉，仿佛肠胃感冒是宿醉的委婉说法。我告诉他我的名字，说想见他。他说他身体不太舒服，开始打马虎眼，而我唯一像样的牌是波西亚·卡尔的名字，只好打了出来。

我不知道期望得到什么反应，但我得到的反应肯定不是我预料到的。“可怜的波西亚。太不幸了，不是吗？斯卡德，你是她的朋友吗？我非常渴望同你聚聚，可惜现在正好没空。你现在到我这里来？很好，非常好。你知道这里的地址吗？”

乘坐出租车去哈德斯蒂家的路上，我才回过味来。不知怎的，我想当然地认为哈德斯蒂是波西亚的客户，想象波西亚用鞭子抽他，他穿着芭蕾舞短裙上蹿下跳，四处躲避。有政治野心的公职人员通常不欢迎素不相识之人询问其非正统的性行为。我原以为哈德斯蒂会断然否认自己知道波西亚·卡尔这么个人，至少会有所隐瞒。出乎意料的是，我却受到了热烈欢迎。

显然是我算计有误。波西亚的客户名单上不乏显赫人物，但不包括诺克斯·哈德斯蒂。毫无疑问，他们二人之间存在一种职业关系，但所涉及的是哈德斯蒂的职业，而不是波西亚的职业。

这样就很能说得通了，既符合波西亚的文学抱负，又能与布罗德菲尔德在这方面的抱负严丝合缝地对上号。

哈德斯蒂所在的大楼是一幢战前建筑，共十四层，正脸为石材垒砌，大堂按照装饰派艺术风格装修，天花板高企，遍嵌黑色大理石。门童有着赤褐色头发，上唇蓄有卫兵式小胡子。确定我有约在先之后，他便把我交给电梯操作员。电梯操作员是黑人，身材矮小，几乎够不到最上面的按钮，但又不得不去够。哈德斯蒂住顶层。

顶层公寓甚是壮观。高挑的天花板、奢华的绒毛地毯、壁炉、东方古董。牙买加女佣把我领进书房，哈德斯蒂正等着我。他起身伸出手，从桌子后面走出来与我握手，挥手请我就坐。

“喝点什么，咖啡怎么样？因为这该死的溃疡，我自己只能喝牛奶。我不小心得了胃流感，胃流感总是加剧溃疡。斯卡德，喝什么？”

“要是不麻烦的话，就喝咖啡吧。不加牛奶。”

哈德斯蒂仿佛不曾预料女佣会听到我们的交谈似的，向女佣重复了一遍命令。女佣几乎马上就回来了，端着一个镜子般光滑的托盘，上面有一只银咖啡壶、一套骨瓷杯碟、一套盛奶油和白糖的银色套件、一把勺子。我倒上一杯咖啡，抿了一口。

“这么说你认识波西亚啦？”哈德斯蒂说。他喝口牛奶，把杯子放下。哈德斯蒂又高又瘦，两鬓斑白，白得很是壮丽，夏天晒黑的皮肤还没有完全褪色。我想象过布罗德菲尔德和波西亚在一起是多么引人注目的一对。波西亚挽着诺克斯·哈德斯蒂的手臂也会很般配。

“我不是特了解她，”我说，“不过我确实认识她。”

“噢。呃。我相信我没有问过你的职业，斯卡德。”

“我是私家侦探。”

“哦，非常有趣。非常有趣。顺便问一下，咖啡还行吗？”

“我从未喝过这么好喝的咖啡。”

他微微一笑："我太太是咖啡狂。我对咖啡从来都不太热心，而且由于溃疡，我倾向于坚持喝牛奶。要是你感兴趣，我可以帮你查明是什么品牌的。"

"哈德斯蒂先生，我在旅馆住，想喝咖啡就到街上去喝。谢谢你的好意。"

"哦，你尽管随时过来，喝上一杯像样的咖啡。"他脸上浮现出富贵和善的微笑。诺克斯·哈德斯蒂身居纽约南区联邦检察官之职，却不需要靠薪水生活。那份薪水还不够他支付房租。但这并不意味着他需要做伸手派，到处要钱。他的祖父哈德斯蒂曾拥有哈德斯蒂钢铁公司，后被美国钢铁公司整体收购。外祖父诺克斯从事航运业，是新英格兰航运世家。诺克斯·哈德斯蒂可以双手放开，随便花钱，永远不用担心下一杯牛奶从哪里来。

他说："你是私家侦探，而且认识波西亚。斯卡德先生，你会对我大有助益。"

"我倒是希望正好相反，你能对我大有助益。"

"你说什么？"他脸色骤变，脊背僵直，看上去好像猛然间闻到一股极难闻的气味。他一定把我的话听成是敲诈勒索的前奏了。

"我已经有委托人了，"我说，"实际上，我来找你是为了查明真相，不是为了透露消息，更不是为了出卖信息。就这么简单。先生，我不是来敲诈勒索的。我不想给人留下这种印象。"

"你已经有委托人了？"

我点点头。尽管于我而言是无意的，但我还是很乐于给人留下刚才的印象。他的反应毫不含糊。如果我敲诈勒索，他绝不会容忍。不容忍通常意味着当事人没有理由害怕被勒索。不管他和波西亚之间有什么关系，他都不会有问题，不需要得到原谅。

“我是为了维护杰尔姆·布罗德菲尔德的利益。”

“那个杀害波西亚的人。”

“哈德斯蒂先生，警方是这么认为的。话又说回来了，你也期望警方这么认为，是不是？”

“说得对。据我所知，他几乎相当于被抓了现行。不是这样吗？”我摇摇头，“有意思。你想要查明——”

“我要找出是谁杀害了卡尔小姐，嫁祸于我的委托人。”

他点点头：“可我看不出我怎么能帮你实现目标，斯卡德先生。”

他对我从直呼其名变成了尊称先生。我说：“你是怎么认识波西亚·卡尔的？”

“干我这一行的人必须认识形形色色的人。卓有成效的接触不一定是只接触你愿意与之交往的人。相信这也是你本人的经历，不是吗？我猜想，我的这种调查工作与你的调查工作大同小异。”他仁慈地笑了笑。他认为他的工作和我的工作相似，我应该受宠若惊才是。

“我在认识卡尔小姐之前就听说过她，”他接着说，“高级妓女对我们办公大有裨益。我被告知卡尔小姐身价非常高，她客户名单上的人主要对，哦，对不那么正统的性行为感兴趣。”

“我听说她干的是性虐这一行当。”

“可不是嘛。”哈德斯蒂做出厌恶的表情。他不希望我说得这么具体。“英格兰人，你懂的。这就是所谓的英国恶习，美国人会发现英国情妇特别合意。至少卡尔小姐是这么告诉我的。你知道吗，土生土长的妓女为了取悦客户，常常会假装英国口音，或者假装德语口音。卡尔小姐笃定这是行业惯例。”

我又往杯子里倒了些咖啡。

“卡尔小姐操一口正宗英国口音，这一事实增加了我对她的兴趣。要知道，她属于弱势群体。”

“因为她可能被驱逐出境。”

他点点头：“我们与移民归化局的人有很好的工作关系。并不是说提出威胁就要付诸行动，通常只要吓唬一下就够了。妓女有为老主顾保守秘密的传统，不过，这种守口如瓶的忠诚，如同认为妓女都有一颗金子般的心一样，不过是浪漫的幻想罢了。最轻微的驱逐威胁就足以立即换来充分的合作。”

“波西亚·卡尔也是这样吗？”

“绝对是这样。事实上，她还非常热切。我想她很喜欢玛塔·哈里[1]这个角色，在床上收集信息并传给我。并不是说她给我的信息多得不得了，但她有望成为我调查的一个重要消息源。”

“有什么特别的调查吗？”

---

① 荷兰舞女，历史上最富传奇色彩的女间谍之一。

他略显迟疑。“没什么特别的，”他说，“我只是看得出她会派上用场。”

我又喝了些咖啡。即使没有别的，哈德斯蒂也能让我发现我的客户究竟知道多少。由于布罗德菲尔德故意对我遮遮掩掩，我只得间接地获取这些信息。但哈德斯蒂不知道布罗德菲尔德没有完全对我坦诚，所以我可以假装从布罗德菲尔德那里获悉了东西，哈德斯蒂又不便否认。

“这么说她热心配合喽。”我说。

“哦，非常热心。”他微笑着回忆，“你知道，她很迷人。她想写一本她的妓女生涯和她为我工作的书。我认为那个荷兰舞女对她是一种鼓舞。当然，荷兰舞女因为扮演了间谍角色，不能踏足这个国家。此外，我不相信波西亚・卡尔能够腾出时间写书。你觉得呢？”

“我不知道。不过，她不会有机会了。”

“是的，当然不会。”

“不过，杰瑞・布罗德菲尔德可能会有机会。你告诉他你对警察腐败不感兴趣时，他是不是非常失望？”

“我恐怕没这样讲过。”哈德斯蒂突然皱起眉头，“他来找我只是为了写书？看在上帝的分儿上。他只想写一本书？”他难以置信地摇摇头，“人心难测啊。”他说：“我知道他自以为是的样子只是一种姿态，我下定决心，除了接受他提供的信息之外，不与他发生任何瓜葛。我就是无法信任他，觉得他对调查弊大于利。于是他就跑去找特别检察官那家伙了。”

特别检察官那家伙。不难看出诺克斯·哈德斯蒂对艾布纳·普雷亚尼安有看法。

“他去投奔普雷亚尼安，你不介意吗？”

“我为什么要操这个心？”

我耸耸肩：“普雷亚尼安开始得到大量文墨报道。报纸给了他很好的表演机会。”

“他想要宣扬，一旦出名，他就能获得更多权力。不过，现在看来似乎适得其反。是不是？”

“对此你一定喜闻乐见。”

“这证实了我的判断，除此之外，我有什么可高兴的。”

“好啦，你和普雷亚尼安是竞争对手，不是吗？”

“哦，我可不这么说。”

“真不是对头？我以为你们是。正因为是对头，你才胁迫波西亚指控布罗德菲尔德敲诈勒索。”

“一派胡言！”

“不然你为什么要这么做？”我故意显出随便的语气，不是指责他，而是想让他理所当然地觉得这是我们都知道并承认的事情。“一旦她对布罗德菲尔德提出指控，就等于拆除了炸弹引信，布罗德菲尔德也就失去了威胁性，普雷亚尼安甚至听不到有人再提起布罗德菲尔德的名字。这让普雷亚尼安看起来有轻信之嫌，因为他一开始就启用了布罗德菲尔德。”

换作是他的祖父或曾祖父，可能已经情绪失控，但经过几代人的培育，哈德斯蒂教养良好，几乎能保持完全冷静。他坐直了身子，但也仅此而已。“你被误导了。”他告诉我。

“指控布罗德菲尔德不是波西亚的主意。”

“也不是我的。”

“既然这样，前天中午波西亚为什么给你打电话？她需要你的建议，你让她继续假装指控是真的。她为什么打电话给你，你为什么要让她装下去？”

这次他没有愤怒，只是有点拖延。他拿起牛奶杯，没有喝，又放下了，又摆弄一番镇纸和开信刀，然后看着我，问我怎么知道波西亚给他打电话。

“我当时在场。”

“你——”他瞪大了眼睛，“你就是那个想和她谈话的人。我原以为——这么说，凶杀案发生之前，你就受雇于布罗德菲尔德了。”

“是的。”

“天哪！我以为，好吧，我以为你显然是在他因为杀人被捕之后受雇的。哼。这么说你就是那个使她惴惴不安的人。但我跟她通话时，她还没有见到你。我们谈话时，她甚至不知道你的名字。你怎么知道——她没有告诉你，她绝不可能那样做。哦，天哪！你是在使诈，不是吗？”

“你可以称之为据理推测。”

“在我看来就是使诈。我不确定我是否愿意和你打牌，斯卡德先生。是的，她给我打过电话——我还是承认吧，因为这显而易见。我要她一口咬定指控是真的，尽管我知道不是。但一开始我并没有唆使她提出指控。”

“那是谁唆使的？”

“是警察。我不知道唆使者的名字，我倾向于认为卡尔小姐也不知道。她说她不知道，她很可能在这个问题上对我是坦诚的。你知道，她并不想提出指控。如果我有机会让她摆脱困境，她会尽她所能的。”他笑了，“你可能认为我有理由让普雷亚尼安先生的调查蒙上一层阴影。虽然我对那家伙大出洋相并不感到难过，但我决不会存心使他难堪。某些警察蓄意破坏调查的动机比我要强烈得多。”

“他们抓到了卡尔什么把柄？”

“我不知道。当然，妓女属于弱势群体，但是——”

“是吗？”

“哦，这只是我的直觉。我有种感觉，他们不是拿法律来威胁她，而是拿法律以外的惩罚来威胁她。我相信她惧怕他们对她实施身体上的伤害。”

我点点头。这与我在同波西亚·卡尔会面时的心灵感应相吻合。她的表现并不像害怕被驱逐或被逮捕，反倒像是担心被殴打或被杀害。她闷闷不乐。因为是十月，她正在等待寒冬来临。

第十章

伊莱恩的住处位于第五十一街，一号大道和二号大道之间，离波西亚·卡尔的住处只有三个街区。门房通过内部通话装置对我核查了一下，示意我进去。电梯把我送到九楼时，伊莱恩已经敞开门，在门口等我。

我断定伊莱恩比普雷亚尼安的秘书标致多了。我猜想伊莱恩现在三十岁上下。她看起来总是比实际年龄要年轻，脸形很正，不容易显老，仪态温柔，与公寓刻板的现代感对比鲜明。她把房间铺上白色长绒地毯，家具棱角分明、几何平面丰富，一水的三原色。我通常不喜欢这样的房间，但不知怎的，她的房间对我却很合适。有一次她告诉我，房间是她自己装修的。

我们像老朋友一样互相亲吻。吻罢，她抓住我的胳膊肘，身体后倾。“马德尔特工向您报告，”她说，“老兄，不要轻视我。这个摄像头看起来像摄像头，实际上是个领带夹。”

“我认为这招并不高明。”

“哼，你以为我愿意啊。”她转过身，甩手离去，“实际上，我还没有什么发现。你想知道她的账簿里都有哪些要人，对吗？”

“尤其是有哪些政要。”

“我就是这个意思。我问过的每个人都不断提到同样的三四个名字。有演员，有两个乐手。老实说，有些应召女郎就像年轻女追星族一样恶劣，同别的崇拜名流的蠢货一样，喜欢自吹自擂。”

“应召女郎不会事事保密，你是今天第二个这样告诉我的人。”

“哈！马特，一般的妓女都靠不住。不过，我可是心理健康小姐大赛的冠军。”

“当然。”

“假如她没有提到过自己的顾客中有哪些政客，可能是因为她并不为他们而感到自豪。要是她和州长或者参议员干过，人们会听说的；但如果和她干过的是当地人，谁会在乎？有什么要紧呢？”

“要是政客们知道自己没那么重要，可能会很难过。”

“肯定会难过得跟屎一样，不是吗？”她点燃一支烟，“你应该得到的是她的嫖客账簿。就算她有脑子用代码称呼嫖客，电话号码总还是有的，你可以倒过来追踪嫖客。”

“你的是用代码写的吗？”

“名字连同数字一概是用代码写的，亲爱的。”她得意地笑了，“偷我账簿的人等于偷了垃圾，就像偷奥赛罗一无所有的钱包一样。我是什么人啊？！我是才华横溢的布伦达。你能拿到波西亚的账簿吗？”

我摇了摇头：“我肯定警察早把她的住处搜了个底朝天。即使她有账簿，他们也找到扔进河里了。他们不想留下痕迹，给布罗德菲尔德的律师抓到破绽。他们恨不得把布罗德菲尔德五马分尸。只有账簿里只剩布罗德菲尔德一个名字的情况下，他们才肯把账簿留在那里。”

“马特，你认为是谁杀了她，是警察吗？”

“我见过一些人，不断有蛛丝马迹指向警察。也许我离开警队太久了，很难相信警察会为了陷害某个人而杀害一个无辜的妓女。”

她张开嘴，又合上了。

“你想说什么？”

“嗯，也许是你离开警队太久了。”她环顾四周，想说些什么，又迅速摇了摇头。“我想给自己沏杯茶。我是个差劲的女主人。喝点什么吗？波本威士忌喝光了，但还有苏格兰威士忌。”

是时候了。“一小杯，什么都不加。”

“马上就来。”

伊莱恩在厨房时，我想到了警察和妓女的关系，想到了我和伊莱恩的关系。我离开警局前就认识她几年了。我们第一次见面是在社交场合，不过我已经不记得确切情形。我相信我们是在某个餐馆或别的地方，经过一个共同的朋友介绍认识的，但也可能是在聚会上认识的。我不记得了。

干妓女这一行，傍上一个相好的警察很有用处。倘若有警察弟兄刁难她，相好的警察能够替她出头，帮她把事情化解掉；也可以为她提供一套面向现实的法律建议，通常还能保证比她从律师那里咨询到的更有效。当然，妓女是女人，女人要知恩图报，女人受了男人的恩惠，无以为报时，总要给予女人式的回报。

因此，有那么几年时间，我是上了伊莱恩·马德尔的免费名单的，她一旦陷于困境，我就是她打电话寻求解围的那个人。我们都没有滥用特权。如果碰巧在附近，我偶尔会去见她一次，她总计给我打过五六次电话。

后来我离开警队，有好几个月时间，对任何人际接触都提不起兴趣，尤其反感性接触。后来，有一天我来了兴趣，打电话给伊莱恩，去看她。她从来没提过我不再是警察，我们的关系也因此改变了。如果她提起这个，我可能就不想再见她了。但在离开前，我在咖啡桌上放了些钱，她说希望很快能再见到我。之后，她也时常见到我。

我想，我们最初的关系已经构成某种形式的警察腐败。我并不是伊莱恩的保护者，我的职责也不是逮捕她。但我是在工作时间见她的，而正是我的职位让我有了与她同床共枕的权力。我想，这就是腐败。

伊莱恩给我拿了酒来，一个果汁杯，里面有大约三盎司的苏格兰威士忌。然后，她坐到沙发上，喝一杯加牛奶的茶。她把双腿蜷缩在紧实可爱的臀部下面，用小咖啡勺搅动奶茶。

“天气真好。”她说。

“嗯。”

“我希望我离公园近些。我每天早晨散步。像这样的日子，我想去公园里散步。”

“你每天早上都散步很久吗？”

“当然。散步对身体有好处。为什么这么问？”

“我以为你会睡到中午。”

“哦，不。我习惯早起。当然，从中午开始我会接待访客。我可以早睡，晚上十点以后很少会有人来。”

“真有趣。人们通常认为这是夜猫子的生意。”

“事实并非如此。你知道，客人是要回到家人身边的。我接待的客人，差不多百分之九十集中在中午到傍晚六点半这段时间。”

“有道理。”

“马特，一会儿有人会来。不过，如果你想做的话，我们还有时间。”

“还是改天吧。”

“嗯，改天也好。”

我喝了些酒。“还是再说说波西亚·卡尔吧，”我说，“你没有找到可能与政府有关联的人吗？”

“哦，可能找到一个。”我的表情肯定变了，因为她说：“看在上帝的分儿上，我没有骗你。我了解到一个姓氏，但不知道这个姓氏是否确切，也不知道这个人是谁。”

“这个人姓什么？”

“听起来像是曼茨、曼奇或曼斯之类的，我不确定，只知道他和市长有关系，但不清楚是什么关系。我就听说这些。不要问我这个家伙的名字，没人知道。你对这个姓氏有印象吗？曼斯、曼茨、曼奇之类的？”

“完全没有印象。他和市长有关系？”

“嗯，我是这么听说的。我知道他喜欢做什么，就是不知道有没有用。”

“算了，别告诉我。”

“马特，世界越来越陌生了。”

“伊莱恩，你是个守旧的女人。”

“我就是这样。我怀念老歌里唱的衬裙，薰衣草香囊，还有所有美好的东西。再喝一杯？”

“一点点。”

她倒了酒回来时，我说：“曼斯或曼奇之类的。我看看能不能有所收获。反正我觉得这是条死胡同。我对警察越来越感兴趣了。”

“因为我说的话？”

“你说的话，还有别人说过的话。警队里是不是有人惦记她？”

“你是说像你以前留心我那样吗？她当然有人啦，但这又有什么用呢？那个人就是你的朋友。”

“布罗德菲尔德？”

“当然。那个勒索号码纯属胡说八道，但我想你也明白。”

我点点头：“她还有别人吗？”

“有可能，但我从来没听说过。她没有皮条客，没有男朋友，除非你把布罗德菲尔德算作她的男朋友。”

“她生活中还接触其他警察吗？让她日子不好过的，诸如此类的？”

“没听说过。”

我喝了一口苏格兰威士忌：“说点离题的，伊莱恩，有警察刁难你吗？”

“你的意思是现在还是过去？过去发生过。但后来我学到了一点。你得有个常客，这样其他人就会放过你。”

“当然。”

“如果有人来找麻烦，我会提到一些名字，或者打个电话，一切都会平静下来。你知道什么更糟吗？不是真警察，是假警察。”

“冒充警官？你知道，这是刑事犯罪。”

“唉，妈的，马特，难不成要我去起诉？我就遇到过嫖客在我面前亮警徽，警号我都能看全。碰上刚入行没经验的小女子，她只要看到一个银色盾状物在眼前一闪，就会像蜷缩在角落里的小猫咪，乖乖就范了。我自己很冷静。我仔细看了看徽章，发现原来是一个玩具，和玩具枪配套的玩具，小孩玩的东西。别笑，我是认真的。这种事我经历过。”

“他们想得到什么？钱吗？”

“哦，我揭穿他们之后，他们就假装在玩噱头。但这不是什么噱头。我倒是愿意让他们要钱，但他们最想要的就是白嫖。”

“他们亮出玩具徽章就为这个？”

“我见过从玉米花生糖盒子拿出的徽章。”

“男人是不可思议的动物。”

“哦，亲爱的，男人和女人都是。我告诉你一件事。每个人都很怪异，基本上每个人都是妖怪。有时是性方面有怪癖，有时是另一种怪癖，但不管怎样，每个人都是疯子。你，我，全世界的人。”

不难发现，一年半前，利昂·杰·曼奇被任命为副市长助理。只需要在四十二街图书馆花上一小段时间就行了。在我查阅的那卷《时报索引》中，有各种各样的曼斯和曼茨，但姓这些姓氏的人似乎都与现任政府没有任何重大关系。过去五年里，曼奇只在《时报索引》中被提到过一次。新闻报道涉及他的任命，我费劲地在缩微胶卷室里读了这篇文章。文章很简短，里面提到六个人，曼奇是其中一个。文章所做的只是宣布他已获任命，并确定他是律师协会的成员。至于他的年龄、住址、婚姻状况等，我一无所获。报道上面没说他是厕奴，但这方面情况我早就掌握了。

我在曼哈顿的电话黄页簿里找不到他。也许他住在另一个区，或者完全不在纽约市范围内。也许他的电话未编入册，或者挂在他妻子的名下。我给市政厅打电话，被告知他已经下班。我甚至没有试过索要他的家庭号码。

我在麦迪逊大道和五十一街的一家叫奥布莱恩酒肆的地方给她打电话。酒保的名字叫尼克，我认识他是因为他大约一年前在阿姆斯特朗酒吧工作过。我们彼此感叹这个世界真小，又各自给对方买了几杯酒。然后我去后面的电话亭，在我的笔记簿上查到她的号码，给她打电话。

她接电话时，我说："我是马修。方便说话吗？"

"方便，只有我一个人在家。我姐姐和姐夫今天早上从湾港开车来接孩子们。孩子们要离开家一段时间，哦，至少在外面住一段时间。他们认为这样对孩子好，我负担也能轻些。我不想让他们带走孩子，可又没有力气争论。也许他们是对的，也许这样更好。"

"你听起来有点发抖。"

"不是发抖。只是非常憔悴，精疲力竭。你还好吗？"

“我很好。”

“真希望你在这儿。”

“我也是。”

“哦，亲爱的。我真希望我能知道我对这一切的感受。我很恐惧。你明白我的意思吗？”

“明白。”

“他的律师早些时候打过电话。你和律师谈过吗？”

“没有。他想和我联系吗？”

“事实上，律师似乎对你不太感兴趣。他对胜诉很有信心，我说你在试图查清谁是杀害那个女人的真凶时，他似乎——我该怎么说呢？我的印象是他相信杰瑞有罪。他想让杰瑞获得无罪开释，但他一刻也不相信杰瑞是无辜的。”

“戴安娜，很多律师都是这样。”

“就像外科医生认为切除阑尾是自己的分内之事一样，只管切除阑尾，不管阑尾有没有毛病。”

“我不确定两者是不是一回事，但我明白你的意思。我不知道我联系那个律师是否有意义。”

“我不知道。我刚才要说的是……这话很愚蠢，难以启齿。马修，我拿起电话，发现是律师的时候，我很失望。因为我希望，哦，希望电话是你打来的。”她停顿了片刻，“马修？”

“我听着呢。”

“我刚才的话不应该说，是吗？”

“不，别傻了。”我屏住呼吸。电话亭里热得难受。我把门打开一点：“我想早点给你打电话。我不应该现在打电话，真的。我不能说我取得了很大的进展。”

“不管怎么说，我很高兴你打电话来。有什么进展吗？”

“也许有点。你丈夫跟你说过写书的事吗？”

“我写书？我不知道此话从何说起。我曾经写过诗。算不得好诗。”

“我的意思是，他有没有说过他有可能写一本书。”

“杰瑞？他不读书，更不用说写书了。怎么了？”

“见到你再跟你讲。我了解到一些情况。问题是这些情况是否能合在一起，形成重要证据。他没有杀人。我就知道这么多。”

“你比昨天更有把握了。”

“是的。”我停顿了片刻，“我老是思念你。”

“很好。我觉得很好。怎么个思念法？”

“不寻常的思念。”

“好的不寻常还是坏的不寻常？”

“哦，我想是好的不寻常。”

“我也老是思念你。”

第十一章

我最终在村里度过一个晚上。我异常焦躁，身体里涌动着一股无法排遣的能量，受其支配，只得不停运动，被折腾得衰弱不堪。时值周五晚上，市中心较好的酒吧和往常的周末一样，拥挤、嘈杂。我见到酒吧就进，去了凯特尔酒吧、米尼塔酒吧、怀特酒吧、麦克贝尔酒吧、圣乔治酒吧、狮子头酒吧、里维埃拉酒吧，还有其他不记得名字的地方。但是因为无法在任何地方安顿下来，我最后只能在一家酒吧喝上一杯酒，然后喝完一杯就散步前往下一杯，借以消除酒精的大部分作用。我不停运动，不断向西漂移，远离旅游区，靠近村庄边上的哈德逊河。

我到达辛西亚酒吧时，一定已经午夜前后。这里差不多是克里斯多夫街最西边，是同性恋漫游者在码头阴影下与码头工人和卡车司机见面的最后一站。他们的酒吧不会威胁到我，也不是我经常光顾的地方。我到了这一带，偶尔会顺路去辛西亚酒吧，因为我跟老板肯尼很熟。十五年前，我曾因他助长未成年人不良行为而逮捕过他。那名成问题的未成年人虽然只有十七岁，但是已经身心疲惫。男孩的父亲业已正式提起申诉，我别无选择，只得动手逮人。肯尼的律师与男孩的父亲进行了一次安静的谈话，告诉他公开庭审会招致什么后果，事情就此不了了之。

多年来，我和肯尼的关系说远不远，说近不近，介于相识和友谊之间的模糊地带。我走进酒吧时，他就在吧台后面，看上去一如既往地朝气蓬勃，只有二十八岁的样子。他的真实年龄大概是面相的两倍，必须站得离他很近才能发现他脸上做整容手术留下的疤痕。精心梳理的头发都是肯尼本人的，不过金色的发色是一位叫克莱璐的女士送给他的礼物。

他大约有十五名顾客。一次只看一个人，没有理由相信谁不一样，但是，倘若把这些人聚集在一起，他们的性取向就一目了然了，狭长的酒吧间里充斥着那种仪态。也许是因为对我闯入的反应使他们的气质得以外显。混迹于风月场中的放荡客总能一眼就认出警察，而我还没学会如何避免看起来像个警察。

“斯卡德的马修爵士，”肯尼吟唱般大声招呼道，“欢迎，一如既往地欢迎。难得您大驾光临，照顾小店惨淡的生意。亲爱的，依旧喝波本威士忌，依旧什么都不掺？”

“好的，肯尼。”

“很高兴看到您风采依旧。在这个轻率的世界里，唯有您始终如一。”

我在吧台前坐下。肯尼向我打招呼后，众酒徒都放松下来，这可能正是肯尼制造这样一场闹剧意欲达到的效果。他往杯子里倒了很多波本威士忌，放在我面前的吧台上。我喝了一些。肯尼用手肘支撑身体，头靠向我。他的脸晒得黝黑。他去火岛度夏，在一年的其余时间里使用太阳灯。

“甜心，还在工作？”

“是啊，事实上还在工作。”

他叹了口气：“没法子，大多数人难免都要工作。我从劳工节开始就复工了，仿佛套上了马具，到现在还是不习惯。整个夏天躺在阳光下，把这个地方留给阿尔弗雷德经营，任凭他管理得一团糟，真惬意啊。你认识阿尔弗雷德吗？”

“不认识。”

“我敢肯定，阿尔弗雷德趁我不注意时黑我的钱，我根本不在乎。我只是为了给做生意提供空间，才开着这家店。我不是出于好心，而是因为不想让这些姑娘们发现城里还有别的酒肆。只要能把经营酒吧的费用赚回来，我就感到无比幸福。要是最后能赚点微利，就无异于飞来福了。”他挤挤眼睛，飞快地跑过吧台去续杯收钱，然后回来用两只手托住下巴，再次摆好姿势。

他说：“我敢打赌，我知道你要干什么。”

“我打赌你不知道。”

“咱赌上一杯？让我想想。此事不会碰巧与首字母J.B.[①]有关吧？我不是说你喝的占边威士忌[②]。J.B.和J.B.的好朋友P.C.[③]？”他夸张地扬了扬眉毛，“天哪，马修，你为什么肯屈尊俯就，突然贵足踏贱地，这不正是吸引你来到这样无处不在的贼窝的原因吗？”

我摇摇头。

“真不是吗？”

“我只是碰巧在附近。”

“你真了不起。”

“我知道他住的地方离这里只有几个街区，但仅仅是因为距离近，他才会被束缚在这里吗，肯尼？他在巴罗街的公寓附近有几十家酒吧。你是猜到了我在查他的案子，还是听到了什么风声？”

“这怎么能叫猜测，该叫以事实为依据的推断才对。他常来喝酒。”

“布罗德菲尔德吗？”

“正是这人。也不是太频繁，但隔三岔五会来。马修，他不是我们这种人。就算他是，我也不知道，我认为他不是。他在这里肯定没有显出异常迹象。上天明鉴，如果他想找一个愿意把他

---

① 指杰瑞·布罗德菲尔德，Jerry Broadfield。
② 占边威士忌的英语名称为Jim Beam。
③ 指波西亚·卡尔，Portia Carr。

带回家过夜的人，可以说毫不费力。他绝对是大帅哥。”

“不过他不合你的胃口，是不是？”

“根本不是我喜欢的类型。我自己喜欢下流小伙子。你很清楚。”

“我很清楚。”

“亲爱的，大家都很清楚。”有人用玻璃杯敲了敲吧台，要求斟酒。“哦，玛丽，把裤子拉链拉好，别那么急不可耐，”肯尼用模仿的英国口音对他说，“没看见我正和苏格兰场的特工大人正聊得起劲吗？”他接着对我说：“说到英国佬的口音，你知道，他把她带到这里来过。也可能你不知道？嗯，现在你知道了。再喝一杯吗？你已经欠我两个双份酒账了——一杯是你喝的，另一杯是你赌输的。何不再来一杯。”他慷慨地倒了一杯两倍量的酒，把酒瓶放下，“所以我很自然猜到了你来这儿的原因。毕竟，这儿又不是你平常饮水的水坑儿。他俩曾分开来过，也曾一起来过，现在她死了，他被关进了窗户上安装铁栏杆的旅馆里，结论似乎是不可避免的。M. S.[①]想了解J. B.和P. C.的情况。

“最后一部分推理肯定没错。”

“那就问我问题吧。”

“他起先是独自一人来的吗？”

“很长一段时间，他都是一个人来。起初，他绝不是常客。

① 指马修·斯卡德，Matthew Scudder。

我得说，他第一次出现大概是在一年半以前。我一个月见他两三次，总是孤身一人。当然，我当时对他一无所知。他看起来像是执法者，但同时又不像。明白我的意思吗？也许是因为他的穿戴。我无意冒犯你，他衣着太考究了。”

“我为什么要生气呢？”肯尼耸耸肩，走开去照看生意。趁肯尼不在，我试图想明白为什么布罗德菲尔德会光顾辛西亚酒吧。唯一解释得通的是，他有时想离开自己的公寓，又不想碰到熟人。这种酒吧完全符合他的需要。

肯尼回来后，我说：“你提到他和波西亚·卡尔一起出现过。是什么时候？”

“我不敢肯定。他夏天就有可能带她来过，我无从知晓。我第一次看到他俩在一起的时间是——三周前？我一时也无法确定具体时间，谁承想事情最终会闹到这种地步啊。”

“是在你知道他的身份之前还是之后？”

“啊，聪明，聪明！是在我知道他的身份之后，所以三周前大概是对的。他第一次与调查人员接触后，我知道了他的名字，接着在报纸上看到他的照片，之后，他与那个亚马逊女神一起出现在酒吧。”

“他俩一起来过几次？”

“至少两次。也许三次。都是一周内的事。要不要添些酒？”我摇摇头。“后来就没见他俩一起来，但我的确看见波西亚来过。”

“一个人？”

“来一会儿就走了。她进来，在桌旁坐下，点了一杯酒。”

“这是什么时候？”

“今天周几，周五？应该是周二晚上来的。”

“她是周三晚上被害的。”

“哦，亲爱的，别看我，不是我干的。”

“我相信你的话。”我想起了周二晚上投进许多电话里的一角硬币，我给波西亚·卡尔打了无数次电话，接通后只有答录机的声音。原来那时她在这里。

“肯尼，她为什么来这儿？”

“见一个人。”

“是布罗德菲尔德吗？”

“我也是这么想的，但她最终见的那个人却与布罗德菲尔德相去甚远。很难相信他与布罗德菲尔德属于同一物种。”

“那个人就是波西亚要等的人吗？”

“哦，当然。他专门进来找她。他来之前，每次开门，波西亚都抬起头来看看。”肯尼挠了挠头，“我不知道她是否认识那个人。我是说凭目视判断不出来。我隐约觉得她不认识他，但我只是猜测。马特，这虽然是不久前的事，但我当时没有太在意。”

“他们在一起多久？”

“大约有半小时，也许更久一点，后来他俩一同离开了，所以他们有可能在一起待几小时。他们信不过我。”

“你不知道那家伙是谁。”

“之前没见过，之后也没见过。”

“肯尼，他长什么样？”

“嗯，我告诉你，这个人其貌不扬。但我想，你是想要我描述他的长相，而不是批判他的长相。让我想想。”他闭上眼睛，用手指敲着吧台，没有睁开眼睛，继续开口道：“马特，他是一个小块头，矮个，身板单薄，两腮深陷，额头巨大，下巴短得令人惊骇，所以故意蓄了山羊胡，以掩饰下巴的缺陷；上唇没留胡子，戴一副宽边角框眼镜，我看不到他的眼睛，也不能发誓肯定他有眼睛。不过我猜他有眼睛，大多数人通常都是有眼睛的。按惯例，一只左眼，一只右眼，虽然偶尔——有什么不对劲吗？”

“肯，没什么不对劲的。”

“你认识他吗？”

“我认识他。”

之后不久，我离开肯尼的酒吧。其中有一段时间发生了什么，我记不清了。我可能又去了一两家酒吧。最后，我发现自己到了巴罗街杰瑞·布罗德菲尔德那栋公寓楼的门厅里。

我不知道是什么引导我去那里的，也不知道为什么我认为应该去那里。但当时一定有当时的道理。

我用一段电影胶片捅开公寓楼内锁，用同样的方法捅开布罗德菲尔德公寓的门锁。一进公寓，我就锁上门，四处开灯，就像在自己家一样随便。我找到波本威士忌，倒上一杯，又从冰箱里拿来一瓶啤酒作为伴酒。我坐在那里一边啜饮波本威士忌，一边喝啤酒，以冲淡威士忌的烈性。顷刻之后，我打开收音机，调到一个播放柔和音乐的电台。

我又伴着啤酒，喝了些威士忌，脱下西装，整齐地挂在布罗德菲尔德的衣橱里，脱掉其余衣服，拉开衣柜抽屉，找到一件布罗德菲尔德的睡裤穿上。因为穿着有点长，我不得不把裤脚挽起来。除此之外，还算合身。有点松，但还不错。

睡觉前，不清楚是什么时候，我拿起电话，拨打一个号码。我已经好几天没拨，却仍然记得号码。

电话另一端传来带有英国口音的低沉的声音："七二五五。对不起，目前没有人在家。如果您听到提示音后留下您的姓名和号码，我会尽快给您回电话。谢谢。"

死亡是一个渐进过程。四十八小时前，就在这间公寓里，有人把她捅死了，但她的声音仍然在家里接电话。

我又打了两次电话，只是想听听她的声音。我没有留言。然后，我又喝了一罐啤酒，喝光剩余的波本威士忌，爬到布罗德菲尔德的床上，昏昏睡去。

第十二章

我醒来时，追逐着一个无形之梦的痕迹，晕头转向，迷茫不知所措。有一阵子，我穿着布罗德菲尔德的睡衣站在他的床边，不知道自己身在何处。接着，记忆彻底地涌回来。我迅速冲个澡，擦干身子，重新穿上自己的衣服，喝一罐啤酒算作早餐。喝罢啤酒，我离开那里，走进明亮的阳光里，感觉自己像个夜贼。

我本想马上行动。但我强迫自己在谢里丹广场的吉米·戴餐馆吃了一顿丰盛的早餐，有鸡蛋、培根、吐司和咖啡。喝了很多咖啡后，我乘地铁去上城区。

在我住的旅馆里，有一条留言等着我，还有一大堆垃圾邮件。我把垃圾邮件直接扔进废纸篓。留言是塞尔顿·沃克给我的，要我方便时给他回电话。我觉得当时再方便不过，就在酒店大堂给他打电话。

他的秘书马上给我接通了电话。他说："斯卡德先生，今天早上我见到了我的委托人。他写了些东西让我读给你听。我可以读吗？"

"读吧。"

"马特——我对曼奇和波西亚有什么关联一无所知。曼奇是市长助理吗？波西亚的客户名册里有几个政客，但她不肯告诉我是谁。我不再对你有所隐瞒。我没有说出福尔曼和我们的计划，因为我不知道这有什么关系，而且我不喜欢张扬。忘记这些不快吧。需要集中精力对付的是两名逮捕我的警察。他们是怎么知道来我公寓的，是谁给他们通风报信？从这个角度下工夫。"

"就这些？"

"就这些，斯卡德先生。我感觉自己像个信使，在不理解的情况下传递问题和答案。倒不如用代码为好。你搞得懂吗？"

"懂一点。布罗德菲德看起来怎么样，情绪还好吗？"

"哦，非常好。他信心十足，觉得自己会被无罪释放。我认为他的乐观合乎情理。"塞尔顿·沃克说有很多法律手段可以使布罗德菲尔德免于牢狱之灾，或使判决在上诉中被推翻。我懒得去听，趁他稍稍放慢语速，向他道谢，说了声再见。

我在红焰餐厅旁停下来，进去喝咖啡，心里琢磨着布罗德菲尔德的留言。布罗德菲尔德的建议大错特错，经过一段时间的思考，我才明白个中因由。

布罗德菲尔德没有跳脱警察式思维。这是可以理解的。他花了多年时间学习像警察一样思考，很难立即调整过来。很多时候，我自己仍然像警察一样考虑问题，不做警察数年之久，仍然改不掉旧思维习惯。从警察的角度来看，以布罗德菲尔德想要解决问题的方式来解决问题是非常明智的。务必要紧抓确实的数据，用回溯法开展工作，追踪每一条可能的途径，直到找出报凶杀案的人是谁。很可能打电话报案者就是凶手。即使报案者不是凶手，也可能看到了什么。

即使报案者没看到什么，别人也会看到。也许有人看到波西亚·卡尔在死亡当晚进入巴罗街的大楼。她不是一个人进去的。有人看见她和那个后来杀害她的人手挽手走在一起。

警察就是按照这个思路处理案情的。警察部门同时兼具两个优势，能够保证这样的调查顺利进行下去，即人力和权力，两者缺一不可。一个人单打独斗是行不通的。单枪匹马，甚至连一个说服人们应该向他开口的初级联邦调查局特工徽章都没有，一开头就会碰壁。

更何况，警方一开始就不愿与他配合。更何况，警方反对一切可能使布罗德菲尔德逃脱电椅的调查。

所以我必须采取一种完全不同的方式，一种不可能得到警方认可的方式。我必须找出是谁杀了她，进而找出事实来支持我已有的谋划。

但首先我得找个人。

肯尼说他是个小块头，矮个，身板单薄，两腮深陷，额头巨大，下巴短得令人惊骇，蓄着山羊胡，上唇没留胡子，戴一副宽边角框眼镜……

我顺道去阿姆斯特朗酒吧看看。他不在那儿，那天早上还没来。我本想喝一杯，但后来断定即使不喝也能对付道格拉斯·福尔曼。

只是我没有逮到机会。我走到福尔曼住的分租公寓，按响门铃，应答的还是那个邋遢女人。她可能一直穿着同样的长袍和拖鞋。她又一次告诉我已经客满，建议我去沿街的第三扇门试试。

“我找道格·福尔曼。”我说。

她的眼睛费劲地盯着我的脸。“四楼临街一面。”她微微皱眉，“你以前来过这里。找过他。”

“没错。”

“没错，我想我以前见过你。”她用食指擦擦鼻子，在长袍上抹了抹，“我不知道他在不在。你想去敲门就去吧。”

“好的。”

“不过，别乱动他的门。他装了防盗警报器，会发出各种声音。我甚至不能进去帮他清扫。想想看，他自己打扫卫生。”

“他和你在这儿的时间可能比大多数人都长。”

“听着，他在这里的时间比我长。我在这里工作多久了，一年，两年？”如果她自己都不知道，我也帮不了她。“他住这里好多好多年了。”

“我想你很了解他。”

“根本不熟悉。一个都不熟悉。先生，我没有时间去了解人。相信我，我自己还一屁股麻烦呢。”

这话我信，但这并没有使我想知道她遇到了什么麻烦事。她显然不能告诉我关于福尔曼的任何事情，我对她可能告诉我的任何事情也一概不感兴趣。我从她身边走过，爬上楼梯。

福尔曼不在。我试过把手，门是锁着的。也许很容易就能把门闩捅开，但我不想弄响警报。要不是有楼下老太太提醒，我不知道是否还记得警报这回事。

我写了张便条，大意是有要紧的事，要他立即与我联系。我签好名，加上电话号码，塞到门下，转身下楼离开。

布鲁克林的黄页里有一个叫利昂·曼奇的人，地址在皮尔庞特街。也就是说，利昂·曼奇住在布鲁克林高地。我断定布鲁克林高地是最适合厕奴居住的地方。我拨打他的号码，电话铃响了十几次才放弃。

我打过普雷亚尼安的办公室电话。没有人接。即使是十字军战士每周也只工作五天。我打给市政厅电话，想知道曼奇是否去了办公室。还好有人接了，但在场的人没有一个叫利昂·曼奇的。

电话簿上有艾布纳·普雷亚尼安的名字，住址是中央公园西街444号。我拨了一半号码，突然觉得毫无意义。虽然同为亚当的后代，但是艾布纳·普雷亚尼安根本不认识我，也不会愿意通过电话与一个完全陌生的人合作。我挂上电话，取回硬币，查找克劳德·洛比尔的联系方式。曼哈顿只有一个姓洛比尔的，叫杰·洛比尔，住西区大街。我试着拨打杰·洛比尔的号码，一个女人接了电话，我说找克劳德。克劳德接过电话，我问他是否与一个叫道格拉斯·福尔曼的人有过联系。

“我没听过这个名字。他什么来头儿？”

“他是布罗德菲尔德的伙伴。”

“是警察吗？我没听说过这个名字。”

“也许你老板知道。我想给你老板打电话，但他不认识我。”

“哦，我很高兴你改打我的电话。我可以给普雷亚尼安先生打个电话，替你问问，问过再给你回电话。还有什么要我问他的吗？”

“问问他对利昂·曼奇这个名字有没有印象，利昂·曼奇与布罗德菲尔德有没有关联。”

“没问题。斯卡德先生，我马上给你回电话。”

洛比尔五分钟内就回了电话：“我刚和普雷亚尼安先生通了话。你提到的两个名字他都不熟悉。呃，斯卡德先生，如果我是你，我会避免与普雷亚尼安先生发生直接冲突。”

“哦？”

“准确地说，他不高兴我同你合作。他没有直说，但我想你明白我的意思。他喜欢员工奉行善意忽视的策略。如果我没记错的话，这是他的原话。当然，我说了这么多，也仅限于你知我知，好吗？”

“当然。”

“你仍然相信布罗德菲尔德是无辜的？”

“比以往任何时候都更相信。”

“这个叫福尔曼的人手里掌握着关键证据吗？”

“有可能。事情开始有眉目了。”

“太好了，”他说，“好吧，不耽搁你了。如果有什么我能做的，给我打电话，但一定要保守秘密，好吗？”

稍后，我打电话给戴安娜，约好八点半在第九大道上布列塔尼街的一家法国餐馆见面。这是一个安静、私密的地方，我们有希望清静地私会。

“那么八点半见，”她说，“有进展吗？哦，你可以见面时再告诉我。”

“好的。”

“马修，我想了很多，不知道你是否知道我是怎么想的。我花了太多时间不去思考，几乎用意志力驱使自己不去思考。现在一思考，好像就有什么东西被释放出来了。我不应该说出来，会吓到你。”

“别担心。”

“真奇怪。我不担心。你不觉得奇怪吗？”

在回旅馆的路上，我在福尔曼的公寓楼停下来。管理员没有对铃声作出回应。我猜她正忙着处理她提到的一屁股麻烦。我擅自进楼，爬上楼梯。福尔曼不在家，显然也没回来过——我能看见我放在他门下的便条。

要是记下他的电话号码就好了。假设他有电话——我在拜访时没有看到过电话，也许是因为他的办公桌杂乱不堪，电话即便有，也是被盖在报纸堆下面了。

我又回到家，冲澡刮脸，整理房间。此前，女佣已经把房间草草打扫一遍，我不需要再做什么。房间永远是原来的样子，怎么都是一家不起眼的旅馆里的一个小房间。福尔曼选择把他的家具房改造成他自己的延伸，而我的房间起租时是什么样子，现在依旧是什么样子。一开始，我觉得简朴的房间比较适合我。现在，我早已不再注意，只是因为要招待来客才意识到房间的样子。

我检查酒的储备。看起来足够我喝，我不知道她喜欢喝什么。街对面的商店要到十一点才送货上门。

我穿上最好的正装，点一点古龙水。古龙水是儿子们送我的圣诞礼物，我甚至不确定是哪个圣诞节，也不记得最后一次用是什么时候。点古龙水虽有些可笑，它却不算难闻。

我去阿姆斯特朗酒吧逗留了一会儿。福尔曼大约一小时前来过又离开了。我给他留了张便条。我打电话给曼奇，这次曼奇接了电话。

我说："曼奇先生，我叫马修·斯卡德，是波西亚·卡尔的朋友。"

电话另一端是一阵长长的沉默，令他的回答无法使人信服：“恐怕我不认识叫这个名字的人。”

“我相信你认识她。曼奇先生，少来这一套，在我这儿行不通。”

“你想怎么样？”

“我想见你。明天某个时候。”

“见我做什么？”

“见面再说。”

“我不明白。你刚才说你叫什么名字？”

我告诉了他。

“嗯，我不明白，斯卡德先生。不知道你想从我这里得到什么。”

“我明天下午去你那儿。”

“我不——”

“明天下午，”我说，“三点左右。你最好在。”

他开始说些什么，但没等他说完我就挂了电话。已经八点过几分。我走出阿姆斯特朗酒吧，来到第九大道，向餐馆走去。

第十三章

我俩坐在一间小包厢里。她穿着一件简单的黑色紧身衣，没有佩戴首饰，香水是一种带有香辛味的花香。我给她点了加冰的干苦艾酒，给自己点了波本威士忌。喝第一轮酒时，谈话一直轻松明快。点第二轮酒时，我们也向女招待点了晚餐，给她点了法式杂碎，给我点了牛排。酒上来后，我们又碰了杯，目光相遇，没有话说，却毫不觉得尴尬。

她首先打破沉默，伸出手来，我握住她的手，她垂下眼睛说："我不太擅长这个。想必是生疏了。"

"我也是。"

"你已经有几年时间来习惯单身生活。我有过一小段外遇，其实也没什么。那个人有老婆。"

"用不着跟我提这个。"

“哦，这我知道。他有老婆，我们的关系很随便，纯粹是为了满足生理需求。说实话，甚至生理上的感觉都不怎么美妙。这段关系也没有持续多久。”她略一迟疑，可能在等我说点什么，但我保持沉默。她接着说：“马修，你可能希望我俩也保持，哦，很随便的关系。这样也好。”

“我觉得我俩不能随随便便。”

“对，我想我们不能。我希望——我不知道我希望什么。”她拿起杯子，啜了一口，“今晚我可能会喝醉一点。醉酒是不是不好？”

“喝醉又何妨。吃饭时要不要再来点葡萄酒？”

“我不想喝。我想醉酒是个坏兆头。”

“好吧，我这人最不适合向你说教醉酒不好。我这辈子每天都有点醉醺醺的。”

“我该不该为此担忧？”

“我不知道。戴安娜，你确实应该有所警惕，应该清楚是在和谁交往。”

“你是酒鬼吗？”

“唉，什么是酒鬼？以我的酒量，做酒鬼是够格，不过喝酒还没有妨碍我正常工作。现在还没有。但迟早会的。”

“能戒了吗，能少喝点吗？”

“可能吧。如果我有动机的话。”

女招待端来开胃菜。我点了一壶红酒。戴安娜用小叉子戳起一个贻贝，送到嘴边停了下来。“也许我们还不该谈这个。”

“也许不该谈。”

“我想我们对大多数事情的感觉都是一样的。我认为我们的欲望是一样的，我认为我们的恐惧也是一样的。”

“至少相当接近。”

“是的。马修，也许你不肯妥协。我想这就是你一直想告诉我的。我自己也不肯妥协。我不喝酒，但喝酒也无妨。我一度找到一种不同的方式，来远离人类。我一度放弃了做我自己。我感觉——”

“感觉什么？”

“好像我有第二次机会似的。好像我一直都有第二次机会，但是，一个人只有知道有机会时，才能获得机会。我不知道你是不是第二次机会的一部分，还是说你让我意识到了我有第二次机会。”她把餐叉放回盘子里，贻贝仍然戳在叉尖上，“哦，我困惑极了。所有的杂志都告诉我，我正好处于身份危机的年龄。是这样吗，还是我已经恋爱了？怎么分辨危机和恋爱的区别？你有烟吗？”

“我去买。你抽什么牌子的？”

“我不抽烟。哦，什么牌子都行。要么就买温斯顿牌吧。”

我从自助售货机上买来一包烟，打开烟盒，给她一支，自己拿一支。我划燃火柴，她把手指缠在我的手腕上，把烟抽燃。她的指尖冰凉。

她说："我有三个孩子。丈夫下了大狱。"

"你又开始酗酒、抽烟。没错，你的生活一团糟。"

"你是个好人。我以前告诉过你吗？我仍然认为你是个好人。"

在我的关照下，她用餐时喝了大部分葡萄酒。饭后，她喝了一壶浓咖啡和一小杯白兰地。我又开始喝咖啡加波本威士忌。我们聊了很多，也多次分享长久的沉默。沉默，就像我们的对话一样，也是一种无隐晦的交流。

结账时已经临近午夜。店家急于打烊，但女招待很得体，没来打扰我们。见她这么宽容，为表示感激，我给了她许多小费，可能多得过分，但我不在乎。我爱整个世界。

我们走出去，站在第九大道上，大口呼吸冷空气。她发现月上中天，便同我赏月："月亮快圆了。是不是很漂亮？"

"漂亮。"

"有时我觉得几乎能感受到月亮的吸引力。我真傻，不是吗？"

"我不知道。大海能感受到月亮的吸引力。所以才会有潮汐。不可否认，月球影响人类的行为。所有警察都知道，犯罪率随着月亮的变化而变化。"

"真的？"

"嗯。尤其是不可思议的犯罪。月圆之夜，人们会干出稀奇古怪的事来。”

“比如说？”

“比如说在公共场合接吻。”

不久以后，她说：“嘿，我不知道接吻有什么稀奇古怪的。我觉得接吻很美好。”

在阿姆斯特朗酒吧，我为我俩都点了咖啡和波本威士忌。“我喜欢和马修在一起的感觉，但我不想瞌睡。我喜欢那天的味道。”

翠娜端上饮料时，顺手递给我一张纸条。“他大约一小时前来过，”翠娜说，“来之前，还打过几次电话。他急于让你和他联系。”

我展开纸条。是道格·福尔曼的名字和电话号码。

我说：“谢谢。凡事都可以等等，明天早上再说。”

“他说很紧急。”

“嗯，是他一个人觉得紧急而已。”我和戴安娜把波本威士忌倒进咖啡里。戴安娜问我是什么事。“一个和你丈夫关系很好的人，”我说，“他也在接近被谋杀的女人。我想我知道原因，但我想和他谈谈。”

“你想给他打电话吗，还是去见他一会儿？马修，不要因为我误事。”

“他可以等等。”

"如果你认为事情很重要——"

"没那么重要。他可以等到明天再说。"显然，福尔曼并不这么认为。过了不久，电话铃响起。翠娜接过电话，朝我们的桌子走来。"是同一个人，"她说，"你想和他谈谈吗？"

我摇摇头。"我先前来过，"我说，"已经收到他的信息，说我早上给他打电话，喝杯酒就离开了。"

"明白了。"

十分钟或二十分钟后，我们才离开酒吧。埃斯特班在我住的旅馆前台当半夜到早晨八点钟的班。他给了我三条信息，都是福尔曼的留言。

"我不接电话，"我告诉埃斯特班，"不管是谁打来的，都说我不在。"

"好的。"

"除非旅馆大楼失火，否则我不接任何电话。"

"明白。"

我们乘电梯上楼，沿着走廊走到我房间的门前。我打开门，站到一边让她进来。有了她在我身边，狭小的房间显得比以前更加荒凉、更加空洞。

"我考虑过要不要去别的地方，"我告诉她，"去有点档次的酒店，或者借住朋友的公寓，但最终还是决定让你看看我住的地方。"

"马修，我很高兴。"

“还满意吗？”

“当然满意。”

我们吻到一起，久久相拥。我嗅着她身上的香水味，尝着她嘴里的甜味。吻罢，我放开她。她在房间里慢慢地、不慌不忙地走动，东瞧瞧，西望望，体会这里的感觉。然后，她转向我，露出温柔的微笑。我们开始脱衣服。

第十四章

整夜，我们中的一个会醒来，唤醒另一个。我最后一次醒来，发现只有我一个人。无力的阳光滤过混浊的空气，把房间照得金灿灿的。我下床，从床头柜上拿起手表。时间已近中午。

快穿好衣服时，我发现她给我留了一张便条，夹在梳妆台上方，玻璃和镜框之间，字很小，笔迹工整。

我读道：

亲爱的——

孩子们喜欢怎么说来着？昨晚是我余生的第一晚。我有很多话要说，但以现在的状态，却又无以言表。

请打电话给我。请给我打电话。

你的女人

我通读好几遍，小心地把便条叠好，塞进钱包里。

信箱里只有一条信息。福尔曼在凌晨一点半左右打过最后一次电话。之后，他显然彻底死心，去睡了。我从大厅给福尔曼打电话，电话占线，便出去吃早餐。从窗户望去，空气污染得厉害，但走在街上，空气还算很干净。也许是因为受心情影响。我已经很久没有神清气爽的感觉了。

喝完第二杯咖啡，我起身给福尔曼打电话。电话仍然占线。我又回去喝第三杯咖啡，拿出一支给戴安娜买的香烟吸起来。昨晚，她吸了三四支，她每吸一支，我都陪她吸一支。我吸完半截烟，把烟盒留在桌子上，第三次试着打通福尔曼的电话。我付过账，步行到阿姆斯特朗酒吧，去看福尔曼在不在那里，或者是否去过。他不在，也没去过。

有一种感觉在意识边缘徘徊，哀怨地向我抱怨。我用阿姆斯特朗酒吧的公用电话再次打给福尔曼。同样的忙音，听起来和通常的忙音不一样。我打电话给接线员，告诉她我想知道某个号码是占线还是没挂好听筒。我显然遇到一个不会说多少英语的姑娘，她不知道如何完成我要求她完成的任务。她主动提出让我和她的主管联系，但我离福尔曼的住处只有六个街区，所以告诉她不用麻烦了。

我动身去福尔曼家时心平气和，到达时却不胜焦虑起来。也许我在接收信号，随着距离减小，信号越来越强。出于说不清道不明的原因，我没有按大楼前厅的门铃。我往里面看看，见周围没有人，便用电影胶片捅开了门锁。

我爬楼梯到顶层，没有碰到任何人。楼内鸦雀无声。我走到福尔曼家，敲门，叫福尔曼的名字，再敲门。

里面没有任何反应。

我拿出那截赛璐珞胶片，看看胶片，又看看门。我想到了防盗警报器，想在警报器发出声音之前把门打开，这样，即使警报器响了，我也能逃离那里。这就排除了用胶片捅开门闩的可能性。精明有精明的妙处，但有时也需要蛮力。

我只一脚就踹开了门，因为门没上锁定插销。需要一把钥匙来上锁定插销，就像需要一把钥匙来设置警报器一样。最后一个离开福尔曼公寓的人或者没有钥匙，或者不愿费那个事，所以警报没有响。这于我是福音，但我得到的福音仅限于此。

坏消息在里面等着我。从警报没响的那一刻起，我就知道会是什么消息了。从某种意义上说，我甚至在到达公寓楼之前就知道了，但那是直觉知识。警报保持安静时，直觉知识变成了演绎知识。我看见他那一刻，演绎知识变成了冷酷的铁一般的事实。

福尔曼死了。尸体躺在办公桌前的地板上，看起来好像凶手发动袭击时他正伏案工作。我不用碰他就知道他死了。他的左后脑勺被捣成了糨糊。房间里弥漫着死亡的臭味。死去的结肠和膀胱会将体内的物质排出体外。未经殡仪馆处理的尸体，气味和支配尸体的死亡一样难闻。

不管怎样，我还是摸了摸他。我想知道他死了多久。他的肉体传出一股阴冷之气。我只能作出大概判断，他至少已经死亡五六小时。我从未费心学习法医知识。实验室的小伙子们负责这一领域的工作，他们喜欢装模作样，仿佛极有本事。但哪怕他们的真本领只有平时吹嘘的五成，他们也是相当擅长断定尸体的死亡时间的。

我走到门口关上门。锁没用了，但地板上有一个警用锁的弹簧片，我找到钢条，把弹簧片安放到门上。我不想待太久，更不想被打扰。

电话听筒与座机分离。没有搏斗的迹象。我估摸凶手拿掉电话听筒是为了拖延发现尸体的时间。如果凶手真这么伶俐，就肯定不会留下指纹。但我还是加倍小心，不添加自己的指纹，也避免涂抹掉凶手可能无意中留下的指纹。

他是什么时候遇害的？床铺没有整理，也许他不是每天都整理床铺。独居的男人通常不会每天都整理床铺。我来拜访他时，床是不是整理好的？我想了想，还是觉得无论如何都不能确定。我回忆起整洁、精确的印象，这表明床是整理好的，但我也有一种舒适的印象，这又与未整理的床相配。我想得越多，就越觉得没必要纠结是这样还是那样。验尸官会确定死亡时间。我很快就会从验尸官那里了解到情况，不用这么着急。

想到这里，我坐在床沿上，看着道格·福尔曼的尸身，努力回忆他说话的确切声音和他面部的表情。

福尔曼曾三番五次联系我。一次又一次，我却不接电话。因为他对我藏着掖着，我有点恼火。更因为我和一个女人在一起，女人耗尽了我全部的注意力。而这于我又是特别新奇的经历，我一刻都不想让我的体验被干扰冲淡。

要是我接了电话呢？他可能会告诉我一些他现在已经永远不可能告诉我的事情。但更有可能的是，他只会证实我对他和波西亚·卡尔关系的猜测。

要是我接了电话，他现在还会活着吗？

我可以浪费一整天时间，坐在福尔曼的床上问自己这样的问题。不管答案是什么，我已经浪费了太多的时间。

我打开警锁，把门推开一条缝。走廊里空无一人。我溜出福尔曼的房间，走下楼梯，走出大楼，没有碰到任何人。

中城北警局过去叫作第十八区辖区，位置在西五十四街，距离我住的地方只有几个街区。我来到一家名为第二次机会的酒吧，在公用电话亭里给中城北警局打报警电话。酒吧里有两个喝葡萄酒的酒徒，后面好像还有一个喝葡萄酒的酒鬼。电话接通后，我报出福尔曼的住址，说有人在那里被谋杀。值班警官耐心地问起我的名字时，我把听筒放回了原处。

情况紧急，搭出租车来不及。地铁更快些。我乘地铁经过布鲁克林大桥，在克拉克街地铁站下车，通过问路找到皮尔庞特街。

这个街区大部分是外墙为褐沙石的建筑。利昂·曼奇住的大楼有十四层，简直是街区建筑群中的巨人。门房是一个粗壮的黑人，额头上有三道深深的横纹。

“我找利昂·曼奇。”我说。

他摇摇头。我拿出笔记本，查看地址，抬头看门房。

“地址没错。”他说。门房是典型的西印度群岛口音，说话时嘴巴张得很夸张：“问题是你来得不是时候。”

“我们约好的。”

“曼奇先生已经不在这儿了。”

“他搬出去了？”这似乎是不可能的。

“他等不及电梯，”他说，“走了捷径。”

“你什么意思？”

后来我断定，门房说这种不着调的隐语并不是有意轻慢我，而是绕着弯子表达难以言说的禁忌。见我追问，门房放弃了先前的策略，直截了当地说：“他跳楼了，就坠在那儿。”他指了指人行道上看起来和其他地方没有什么不同的地方。“就坠在那儿。”他重复道。

“什么时候？”

“昨晚。”他以手触额，做了一个类似屈膝跪拜的姿势。我不知道这动作究竟属于个人习惯还是源自我不熟悉的仪式。“是阿尔芒当班。如果换作我，遇到有人跳楼，还真不知道该怎么办。”

“他死了吗？”

他打量我一眼。“哥们儿，你觉得呢？曼奇先生住十四楼。你觉得呢？”

最近的警署所在地，也就是我认为负责此案的属地，就在乔拉莱蒙街区公所附近。我赶到警署，幸运的是，我认出了几年前和我做过同事的叫金塞拉的警察。同样幸运的是，金塞拉显然没有听说我在为杰瑞·布罗德菲尔德工作，所以他没有理由不配合。

“昨天晚上发生的，”金塞拉说，“事情发生时不是我值班，但是马特，看起来案情很清楚。”他拿出一些文件，摆在桌子上。“曼奇独身，想必有特殊取向。一个男人，又在那个社区独居，你可以得出自己的结论，十有八九是那种人。”

再加上一成厕奴，他这人就百分之百了。

“让我们看看。人是从窗户跳出去的，头先落地，送达阿德尔菲医院即宣告死亡。死者身份由死者口袋里的物品、衣服标签以及窗口的位置确认。”

“没有经过亲属辨认？”

“我印象里没有。没列在这里。对死者身份有疑问吗？如果你想亲眼看看，那是你的事，但他是头朝下落地的，所以——”

“反正我从没见过他。他坠楼时家里就他一个人吗？”金塞拉点点头。

“有目击证人吗？”

“没有。不过他留下一张便条。在他书桌上的打字机里。”

“便条是打出来的？”

“没有说。”

“我能不能看看便条？”

“马特，没有丝毫机会。我自己也看不到。你要是真想看，就得和案件负责人谈，他叫卢·马尔科。马尔科今晚会来值班，也许能帮你。”

“我觉得看不看都无关紧要。”

“等一下，原话被抄下来了，在这儿，你看看有帮助吗？”

我读道：

原谅我。我的人生一团糟，不能再这样下去了。

完全没有提及杀人。

可以断定福尔曼之死是曼奇干的吗？这很大程度上取决于福尔曼何时遇害，而在法医的验尸报告出炉之前，我无法确定福尔曼的遇害时间。假定曼奇杀了福尔曼，回家后悔恨不已，打开窗户——

我不喜欢这个假设。

我说：“吉姆，曼奇是什么时候坠楼的？我没有看到列出的具体时间。”

金塞拉皱着眉头翻阅记录。“按理说应该有个时间，不过我没看到。这里有阿德尔菲医院出具的送达医院已经死亡的证明，时间是昨天夜里十一点三十五分，不过这并不能说明他是什么时候从窗户掉下去的。”

但追查曼奇坠楼的确切时间其实已经没有必要。道格·福尔曼在凌晨一点半给我打了最后一个电话，此时距医生宣布利昂·曼奇死亡已经过去一小时五十五分钟。

我越想心里越透亮。于我而言，一切谜团都开始解开，我豁然开朗。曼奇不是杀害福尔曼的凶手，也不是杀害波西亚·卡尔的凶手。也许曼奇就是杀死曼奇的凶手。也许他因为找不到笔，才用打字机写了绝命书。也许他的懊悔中含有对做厕奴生活的厌憎。我的人生一团糟——唉，谁的人生不是一团糟呢？

眼下，曼奇是否自杀并不重要。也许有人送了他一程，但这是我无从知晓的事情，也不是要急于证实的事情。

但我知道是谁杀害了波西亚和道格二人，就像我在到达福尔曼的公寓之前就晓得道格·福尔曼会死一样。我们把这种认识称为直觉的产物，因为我们不能精确地绘制出思维活动的图表。虽然我们的意识被引向别处，但是我们的头脑依旧像计算机一样运转。

我知道凶手的名字，对凶手的动机洞若观火。在圆满收官之前，我还有更多的工作要做，但最棘手的部分已经结束。一旦知道要寻找什么，剩下的就手到擒来了。

第十五章

又过三四小时后，我赶到西七十几街，下出租车，把我的名字报给门房。这不是我从布鲁克林回来后坐的第一辆出租车。此前，我赶着去见过几个人。有人请我喝酒，但我一杯也没有喝，只喝了些咖啡，包括两杯我喝过的最上等的咖啡。

门房报完我的名字，把我领到电梯前。我乘电梯上到六楼，找到要找的门敲了几下。一个蓝色头发中夹杂着白发，像鸟一样轻快的女人打开门。我作过自我介绍，她把手伸给我。“我儿子在看橄榄球比赛，”她说，“你喜欢橄榄球吗？我自己对橄榄球没什么兴趣。快请坐，我去告诉克劳德你来找他。”

但她没必要去了，克劳德已经站在客厅后面的拱道里。他穿着一件白衬衫，外罩一件棕色无袖开襟羊毛衫，脚下穿着居家拖鞋，一双短胖的手，两根拇指钩在腰带上。他说：“下午好，斯卡德先生。请这边走好吗？妈妈，我和斯卡德先生去私室了。”

我跟着克劳德走进一间小房间。几把垫得又厚又软的扶手椅围着一台彩色电视机。电视大屏幕上，一个东方女孩正躬身靠近一瓶男士古龙香水。

“有线电视，”洛比尔说，“接收效果绝对完美。一个月只花两三美元。接通有线电视前，接收效果总是不好。”

“你在这里住很久了？”

“一辈子都住这儿。哦，不完全是。我差不多两岁半时，我们搬到这里。当然，那时我父亲还活着。这是他的房间，他的书房。”

我环顾四周。墙上挂着英国狩猎版画，几架风笛，几张镶框的照片。我走到门口，把门关上。洛比尔见了，也没说什么。

我说：“我和你老板谈过了。”

“普雷亚尼安先生？”

“是的。他很高兴听到杰瑞·布罗德菲尔德不久将获释。他说他不确定布罗德菲尔德的证词会有多大用处，但他说，他很高兴看到这个人不会被含冤定罪。”

“普雷亚尼安先生为人很大度。”

“是吗？”我耸耸肩，“我自己并没有这种印象，但我相信你比我更了解他。我感觉他很高兴看到布罗德菲尔德被证明是无辜的，这样他管理的机构现在看起来不那么恶劣了。所以他自始自终都希望布罗德菲尔德是无辜的。”我仔细察言观色，“他说他可惜没有早些知道我在为布罗德菲尔德工作。”

“真的吗？”

“嗯。他是这么说的。”

洛比尔走近电视机，把一只手搭在电视机上，低头盯着手背。“我习惯于喝热巧克力，”他说，“对我来说，星期天是彻底恢复的日子，我穿着宽松的旧衣服坐在家里，看电视上的体育节目，喝热巧克力。要不要喝一杯？”

“不，谢谢。”

“要不要喝杯酒，度数高的？”

“不。”

他转过身来，看着我。此刻，他那张小嘴巴两边，一对括号般的纹路似乎蚀刻得更深了。“当然，我要保证普雷亚尼安先生不被打扰。我的职责之一就是帮他排除琐事。他的时间非常宝贵，要他亲力亲为的事多得做不过来。”

“因此你昨天没给他打电话。你告诉我你和他谈过，但你没有。你还警告我，不要绕过你直接询问普雷亚尼安，以免惹他反感。”

“斯卡德先生，我只是恪尽职守而已。有可能我犯了个判断错误。人无完人，我从未宣称过我有多完美。”

我俯身关掉电视机。“电视让人分心，”我解释说，“我们都应该集中注意力。克劳德，你是个杀人犯，你逃不掉。你为什么不坐下？”

“这指控可笑至极。”

“坐下。”

“还是站着舒服。你刚刚提出一个完全荒谬的指控。我不明白。”

我说：“我一开始就应该想到你。但有一个问题。不管是谁杀了波西亚·卡尔，都必须与布罗德菲尔德有某种联系。卡尔是在布罗德菲尔德的公寓里被杀的，所以卡尔一定是被知道布罗德菲尔德的公寓在哪里的人杀死的，凶手先费一番周折，来了个调虎离山，骗布罗德菲尔德离开公寓，去湾岭进行徒劳的追逐。”

“你这是先入为主，你事先假定布罗德菲尔德是无辜的。我看不出有什么理由能证明他是无辜的。”

“哦，我知道他是无辜的，有不下十个理由。”

“即便如此，那个叫卡尔的女人难道不知道布罗德菲尔德的公寓在哪里吗？”

我点点头：“事实上，她是知道。但她不可能把凶手带到那里，因为她早已失去知觉。她先是被击中头部，后来才被刺死。可以断定她是在别处被袭击陷入昏迷的。否则，凶手不把她打死绝不会停手。否则，凶手不会停下来拿刀。但是，克劳德，你所做的是在别的地方把她打晕，然后把她带到布罗德菲尔德的公寓。此前，你已经把袭击她的东西处理掉，所以你拿刀要了她的命。”

“我要一杯巧克力。你真的不想喝点吗？”

“不喝。我不相信警察会为了诬陷布罗德菲尔德而杀害波西亚·卡尔。全部线索都指向警察这个方向，但我总感觉不对劲。我更相信凶手的主要目标是摆脱波西亚，陷害布罗德菲尔德是逃脱谋杀罪的一条捷径。但是，凶手怎么知道布罗德菲尔德的公寓和电话号码呢？我需要找到的是与他们二人都有联系的人。我找到了某人，但此人没有明显的动机。”

“你说的某人一定是指我，”他平静地说，“因为我确实没有动机，而且我不认识卡尔本人，我与布罗德菲尔德也仅仅是认识而已，所以你的推理站不住脚，是不是？”

“我说的不是你，是道格拉斯·福尔曼。福尔曼打算为布罗德菲尔德出书做代笔。布罗德菲尔德成为告密者的动机就是想出书，出一本畅销书，靠畅销书一举功成名就。布罗德菲尔德想出书是受了卡尔的启发，因为卡尔打算写一本比《快乐勾魂客》更畅销的书。福尔曼想要两头获利，便联系卡尔，看是否也能为她代笔。这就是把布罗德菲尔德和卡尔绑在一起的原因，但这并不能构成谋杀动机。”

“那么你为什么选中了我，因为你不认识其他人吗？”

我摇摇头：“在我知道真正原因之前，我就知道是你。昨天下午，我问你是否了解道格·福尔曼。你对他很了解，昨晚就去他家杀了他。”

“真是了不起。现在我被指控谋杀了一个我从来没听说过的人。”

“克劳德，抵赖也没用。福尔曼对你是个威胁，因为他与卡尔和布罗德菲尔德两个都谈过。他昨晚一直试图联系我。如果我有时间见到他，也许你杀不了他。也许你能够杀了他，因为也许他也不清楚自己知道什么。你也是波西亚·卡尔的客户。”

“这是肮脏的谎言。”

“你说肮脏就肮脏吧。我不清楚，不清楚你怎么搞她，或者说，不清楚她怎么搞你。但我可以作一些有根据的猜测。”

“该死的，你个畜生。”他没有提高嗓门儿，但声音里流露出强烈的厌恶之情，“这也是我母亲的家，希望你不要在我母亲家里说这样的话。”

我只是一言不发地盯着他。起初他自信地与我对视，渐渐地，他的脸面似乎融化了，全部决心都消失了，肩膀耷拉下来，看上去既苍老又幼稚，俨然是一个中年老男孩。

“诺克斯·哈德斯蒂早就知道。”我继续说，“所以说你白白杀了波西亚。克劳德，我很清楚发生了什么。布罗德菲尔德出现在普雷亚尼安的办公室时，你不仅仅得知了警察腐败。你还从布罗德菲尔德那里得知了波西亚受制于诺克斯·哈德斯蒂，给哈德斯蒂提供她的客户名单，以避免被驱逐出境。你也在波西亚的客户名单上，你认为波西亚把你交给哈德斯蒂只是时间问题。

“所以你胁迫波西亚控告布罗德菲尔德，指控他勒索。你想给布罗德菲尔德安上一个杀害波西亚的动机，这很容易安排。你打电话给波西亚时，波西亚以为你是个警察，所以很容易就从了你。不管怎样，你把波西亚吓够呛。妓女很容易被吓到。

“此时此刻，你已经给布罗德菲尔德下好了完美的圈套。你甚至不需要对谋杀本身表现得特别出色，因为警察急于把凶案和布罗德菲尔德联系起来。你把布罗德菲尔德骗到布鲁克林。与此同时，你把波西亚诱骗到村里，把她打晕，拖进布罗德菲尔德的公寓杀了她，然后离开那里，把刀丢进下水道，洗好手，回家找妈妈。”

“别把我母亲扯进来。”

“提到母亲让你很不安，不是吗？”

“是的，确实如此。”他把两只手紧紧攥在一起，仿佛要控制住它们，“这让我十分不安。我觉得你是特意这么为难我。”

“克劳德，我不完全是有意为之。”我吸了一口气，“你不应该杀了波西亚。杀害波西亚毫无意义。哈德斯蒂早已掌握你的情况。要是他一开始就公开你的名字，可以节省很多时间，福尔曼和曼奇还会活着。但是——”

“曼奇？”

“利昂·曼奇。看起来他可能杀了福尔曼，但时机不对。而且，倘若是你设的圈套，你会做得更好。你会按合理顺序杀掉他们，不是吗？先杀福尔曼，再杀曼奇，而不是先杀曼奇，再杀福尔曼。”

“我不明白你在说什么。”

他显然没有杀害曼奇，语气上的差别也很明显。“利昂·曼奇是波西亚客户名单上的另一个名字，也是诺克斯·哈德斯蒂安排进市长办公室的卧底。昨天下午我打电话给他，安排和他见面，我想他因为无法承受，于是夜里打开窗户跳楼了。”

“他竟然自杀了。”

“看起来是自杀。”

“他可能杀了波西亚·卡尔。”他说这话时不是在争论，而是在深思熟虑。

我点点头：“是的，曼奇有可能杀了波西亚。但曼奇不可能杀死福尔曼，因为在正式宣布曼奇死亡后，福尔曼打过几通电话。克劳德，你明白这意味着什么吧？”

“意味着什么？”

“你所要做的就是不去动这个小作家。你不可能知道这一点，所以你动了他。曼奇留了遗书。遗书中没有坦白杀了人，但可以朝谋杀方面演绎。我肯定会朝谋杀方面解读，我会尽一切可能把卡尔的谋杀案归罪于曼奇的尸体上。如果成功，布罗德菲尔德就清白了。如果不成功，布罗德菲尔德就会受审。不管怎样，你都可以逍遥法外，因为我已经认定曼奇是凶手，而警方已经认定布罗德菲尔德是凶手。这就使得世界上不会有人再追捕你。”

克劳德没有开口，许久之后，才眯起眼睛说：“你想给我下套子。”

“你已经陷入绝境。”

“她是一个邪恶的脏女人。”

“于是你便充当起上帝的复仇天使来。”

“不，完全不是这样。你想陷害我，但你陷害不成。你什么都证明不了。”

“我没必要证明什么。”

“哦？”

“克劳德，我要你跟我到警局去一趟。我要你承认谋杀了波西亚·卡尔和道格拉斯·福尔曼。”

“你一定疯了。”

“我没疯。”

“那你一定觉得我疯了。我到底为什么要杀人？即使我真的杀了人——”

“克劳德，省省吧。”

“我不明白。”

我看了看表。天还很早，我感觉异常清醒，仿佛清醒了好几个月。

“你说我什么都证明不了，”我告诉他，“我说你说得对。但警方可以证明。不是现在，而是等警方深挖一段时间之后。诺克斯·哈德斯蒂可以证实你是波西亚·卡尔的客户。我一向他说明此事与谋杀有什么关系，他就会把情况告诉我，在法庭上他也不会隐瞒。可以肯定，有人在村里看到你和波西亚在一起，还有人在第九大道看到你杀了福尔曼。总会有证人的。一旦警方和地方检察官办公室都肯花时间调查，证人不难出现。”

“如果证人真正存在，就让证人现身好了。我为什么要坦白，为什么要让官方好过？”

“因为只有这样才能让你自己好过。好过得多。”

“岂有此理。”

“一旦警方挖起来，就会把一切都挖出来，就会知道你为什么和波西亚·卡尔搞到一起。眼下没有人知道。哈德斯蒂不知道，我也不知道，没有人知道。但如果他们挖掘，他们会发现的。报纸上会有影射，人们会有所猜疑，也许猜疑会比真相更糟——”

“住口。”

“到时候会尽人皆知。”我以头示意那扇紧闭的门，“尽人皆知啊。”我说。

“你真该死。”

“克劳德，你可以选择不必让她知道这些。当然，认罪也可能会让你得到较轻的判决。你这案子属于一级谋杀，理论上不可能轻判，但你知道游戏的玩法，理论当然不会影响你获得轻判的机会。但我认为争取轻判是你要考虑的次要问题，不是吗？我想你更希望避免流言蜚语。我说得对吗？”

他张开嘴，欲言又止。

“至于行凶动机，你可以保密，或者捏造一些谎言，或者干脆拒绝解释。既然你已经供认不讳，肯定不会有人继续深究。你身边的人会知道你犯了谋杀罪，但不需要知道你生活中的其他事情。”

他把一杯巧克力举到唇边，抿一口，把杯子放回到茶碟上。

“克劳德——”

“让我考虑一下，好吗？”

“好吧。”

我站着，他坐在无声的电视机前。我不知道我们这样持续了多久，也许有五分钟。最终，他一声长叹，踢掉拖鞋，伸手去穿上鞋子，系好鞋带站起来。我走到门口，打开门，站在一边，让他先于我穿门而过，进入客厅。

他说：“妈妈，我出去一会儿。斯卡德先生需要我的帮助。有重要的事情要办。”

“哦，克劳德，你还没吃晚饭。差不多做好了。留你的朋友吃了饭再走吧。”

我说：“洛比尔太太，恐怕不行。”

“妈妈，没时间了，”克劳德附和道，“我在外面吃。”

“好吧，如果实在不行的话。”

克劳德挺起胸膛，到前面的衣橱去拿外套。“穿上大衣吧，”她告诉他，“外面相当冷。外面很冷，是不是，斯卡德先生？”

“是的，”我说，“外面很冷。”

第十六章

我的第二次死人墓之旅与第一次大不相同。差不多是白天里的同一个时间，上午十一点左右。但这次我睡了一整夜好觉，前一天晚上几乎没喝酒。第一次我是在关押他的牢房里见他。现在，我在前台见他和他的律师。他把一切紧张和沮丧都丢在牢房里，看起来就像英雄凯旋。

我走进去时，他和塞尔顿·沃克已经在前台了。看到我，布罗德菲尔德喜形于色。“我的人来了，”他大声招呼，“马特，宝贝，你是最棒的。绝对是最棒的。要说我这辈子做了一件聪明事，那就是和你勾搭上了。”他握住我的手，剧烈地上下摇动，笑容满面：“我不是告诉过你我要离开这个厕所般的地方吗？我就知道你一准儿能让我重获新生。”他把头倾向我，仿佛密谋一般，压低声音，近乎耳语：“我是个知恩图报的人，我说话算话，伙计，你会有奖金的。”

“你给我的酬劳够多了。”

“这还用说。还有什么比生命更有价值？”

我经常问自己同样的问题，但问的方式不太一样。我说：“布罗德菲尔德，我差不多一天赚五百美元，知足了。”

“叫我杰瑞。”

“当然。”

“我说话算数，该有奖金就有奖金。你见过我的律师了吗，是塞尔顿·沃克？”

“我们通过电话。”我说。我和沃克握手寒暄了一番。

“哦，差不多是时候了，”布罗德菲尔德说，“我估摸该来的记者都已经在外面等着了，你不觉得吗？要是有谁错过，就算吃个教训，记得下次要准时。戴安娜开车来了吗？”

“她在你让她等候的地方等着呢。”律师告诉他。

“好极了。马特，你见过我老婆，对吧？你当然见过，我让你拿了那张便条去的我家。咱们要做的是，你找个女人，大家找个晚上，四个人一起吃顿饭。咱们应该增进了解。”

“一定。”我表示赞同。

“一言为定。”他说。他撕开麻纸信封，把里面的东西抖落到桌子上，捡起钱包放进衣袋，把手表戴在手腕上，抓起硬币装到兜里。然后，把领带搭在衬衫领子下面，系到脖子上，精心地打领带结：“马特，我告诉过你吗？我想我可能打两次结。不过我觉得这个结看起来还不错，你说呢？”

“看起来很好。”

他点点头。“是的，”他说，“我觉得看起来相当不错，很满意。马特，我告诉你一件事。我感觉好极了。我看起来怎么样，塞尔顿？”

“你看起来很精神。”

“我感觉像个百万富翁。”他说。

他操纵起记者来游刃有余，回答提问既真诚又神气，二者之间的平衡把握有度。他不待记者们问完全部问题，便亮出一等一的笑容，凯旋般挥挥手，推开人群钻进自己的轿车。戴安娜踩上油门，把车开到街区尽头，拐弯扬长而去。我站在那里目送他们，直到看不见为止。

她当然得来接他。她又不差这一天两天，过了当下的关口，再让他知道事态如何也不迟。她说她料想他不会给她带来太多烦恼。她确信他不爱她，她在他的生命中早已无足轻重。她要我给她几天时间，然后她会打电话给我。

“嗬，这番表演还挺激动人心的。”我身后有个声音说，“我想也许我们应该向这对幸福的新人抛撒大米，或者搞类似的仪式来祝福他们。”

我没有转身。“你好，艾迪。”

“你好，马特。多美的早晨，不是吗？”

“不坏。”

“我想你感觉不错吧。”

“还不太坏。”

“抽雪茄吗？”艾迪·科勒副局长不待我回答，就把雪茄放到自己嘴里。他划了三根火柴才把雪茄点着，风吹灭了前两根。“我应该买个打火机，”他说，“你注意过布罗德菲尔德用的打火机吗？看上去价值不菲。”

“可能很昂贵。”

“看来像金的。”

“有可能。不过，纯金和镀金看起来一样。”

“价钱可不一样。是吗？”

“这还用说，肯定不一样。”

艾迪笑了，挥出一只手，抓住我的上臂。“噢，你个狗东西，”他说，“我请你喝一杯，你个狗东西。”

“艾迪，现在喝酒对我来说有点早。喝杯咖啡就好。”

“那就更好了。从什么时候开始，请你喝酒还嫌早了？”

“哦，不知道。也许我应该少喝点，看看有没有不同。”

“是吗？”

“可不，总之，有一段时间了。”

他以品评的目光打量我：“你知道吗？你听起来有点像过去的你了。我不记得上一次你这样说话是什么时候了。”

“艾迪，别小题大做了，我只不过是拒绝了喝上一杯而已。”

“肯定有别的原因。我说不清楚，不过你确实有些不一样。”

我们走进里德街的一家小餐馆，点了咖啡和丹麦酥。他说：“哎，是你帮那个浑蛋脱身的。我不愿看到他脱钩，但又不能怪罪于你。你救了他。”

“他一开始就不应该上钩。”

“是啊。不过，他上不上钩是另外一回事，不是吗？”

“嗯嗯。你应该为事情得以了结感到高兴。布罗德菲尔德不会对艾布纳·普雷亚尼安有太大用处，接下来一段时间，普雷亚尼安必须保持低调。他的助手因为杀了两个人并诬陷他的明星证人而被判刑。现在，他自己的处境也不太妙。你老是抱怨他喜欢在报纸上看到自己的名字。我想，两三个月内，他会极力不让自己的名字出现在报纸上，你说呢？”

“有可能。”

“诺克斯·哈德斯蒂的处境也不太妙。就公众舆论而言，他还没受到什么压力，但他不太擅长保护证人的说法会流传开来。他找到卡尔，卡尔给了他曼奇，两个都死了。如果你希望有人与你合作，这可不是一个良好的记录。”

“不管怎样，他自然还没有找警局的碴儿。”

“只能说还没有。但在普雷亚尼安不作声的情况下，他可能会插手。艾迪，你明白这里的道道儿。每当他们想登上头条时，就会拿警察开刀。”

“是啊，这就是他妈的真相。”

“这么说，我待你并不太坏，是不是？到头来警局看起来也不坏。”

“不坏，马特，你干得不错。”

“是啊。”

艾迪拿起雪茄，吸了一口。雪茄已经熄灭。他又划了根火柴点雪茄，看着火柴几乎烧到指尖才抖灭扔进烟灰缸。我嚼一口丹麦酥，又喝一大口咖啡。

喝酒我可以减量。但有时减量会有困难。当我想起福尔曼，想到本可以接他电话的时候。或者当我想到曼奇，想到他骤然坠地的时候。单凭我的电话倒不至于使曼奇跳楼。哈德斯蒂一直在给他施压，多年来他也一直背负着沉重的罪恶感。但我没有帮助他，也许要是我没有打电话——

只是你不能允许自己这么想。你要做的就是提醒自己，你抓到了真凶，把无辜之人从监狱里救出来。你不可能通赢，不能一失手就自责。

“马特？”我注视着他。“那天晚上我们的谈话。在你常去的酒吧？”

“阿姆斯特朗酒吧。”

“对，阿姆斯特朗酒吧。我讲了些不当讲的话。”

“哦，艾迪，去你的。”

“你没有怨气？”

“当然没有。”

一番迟疑。“好吧，我就知道你会在这儿，所以来找你，有几个人知道我会过来，所以让我转告你，他们对你没有恶意，请你别见怪。他们总体上没有恶意，如果你明白我的意思，他们只是希望你当初不要和布罗德菲尔德勾搭在一起。”

“我明白。”

“总之，希望你不要记恨警局的弟兄们。”

“绝对不会。”

“嗯，我想你也不会，但我想还是开诚布公，讲明白为好。”他以手加额，抚了抚头发，“你真想少喝些了？”

“试试又何妨。怎么了？”

“我不知道。你这是准备重新加入人类吗？”

“我从来没有自绝于人类，对吗？”

“你明白我的意思。”

我什么也没说。

“你知道，你已经一展身手。马特，你依然是个优秀警察。你真正擅长的就是做警察。”

“所以？”

“带上徽章，做个好警察会容易些。”

“有时候会更难。如果上周我有徽章，我就会被解职。”

“也对。不管怎样，你被告知过会被解职，可你没听。不管有徽章还是没有徽章，你都不会听。我说得对吗？”

“也许对吧。我不知道。”

“要想建设好警局，最好的办法就是留住好警察。我真他妈希望你能重返警队。”

“艾迪，我没打算回去。”

“我不是要你作决定。我是说你可以考虑一下。你可以考虑一下，对吗？你一天二十四小时，每天都喝一肚子酒，这样肯定不行，什么时候不喝了，才可能想通。”

“有可能。”

“你会考虑吗？”

“让我考虑考虑。”

“嗯嗯。”他搅了搅咖啡，“最近有孩子们的消息吗？”

“孩子们很好。”

“嗯，那就好。”

“这个周六我要带他们外出。童子军搞父子活动，先出席演讲集会和宴会，然后观看网队比赛。”

“我永远不会对网队感兴趣。”

“网队应该有一支优秀的球队。”

“人们都这么说。你能去看他们真是太好了。”

“嗯嗯。”

“也许你和安妮塔——”

“艾迪，打住吧。”

“是啊，我话太多了。”

“反正她有人了。”

"你不能指望她空闲着。"

"我不指望，也不在乎。我自己也有人了。"

"哦。当真？"

"我不知道。"

"我猜，要慢慢来，走一步看一步。"

"差不多吧。"

这是周一的事。接下来两天里，白天，我走很多路，在很多教堂里流连。夜里，我会喝上几杯助眠，但实际上，我根本没有喝太多。我四处走动，享受秋日的天气，不停地查看电话留言。早上读《时报》，晚上读《邮报》。不久，我开始诧异于依旧没有收到期待着的电话留言，但我并没有沮丧到要拿起电话拨打的程度。

周四下午两点左右，我漫无目标地在路上游荡，经过五十七街和第八大道拐角处的一个报摊时，碰巧瞥了一眼《邮报》的标题。我通常会等着买晚报，但新闻大标题吸引了我，就买了一份。

杰瑞·布罗德菲尔德死于非命。

第十七章

他在我对面坐下，我不抬眼就知道是谁。我说："嘿，艾迪。"

"我猜准能在这儿找到你。"

"不难猜到，是吗？"我挥手示意翠娜过来，"喝点什么，施格兰牌威士忌？给我朋友上施格兰牌威士忌和水。我要再来一杯威士忌，我喝的这种。"我对艾迪说："你没用多长时间嘛。我自己来这里才一小时。当然，中午版的报纸一定已经上街了。我一小时前碰巧看到报纸，说他是今天早上八点左右遇害的。对吗？"

"没错，马特。我看过报告，是这样的。"

"他走出门，一辆新型汽车停在路边，有人持双筒猎枪向他开枪，两个枪筒各开一枪。一个学生说持枪的是白人，车里还有个司机，但没看清司机是什么人。"

“没错。”

“一个是白人，车被描述成是蓝色，枪留在现场。料想没有指纹。”

“很可能没有。”

“我估摸也查不到猎枪的来源。”

“我没听说，不过——”

“不过没办法查到猎枪的来源。”

“估计查不到。”

翠娜上了酒。我拿起酒杯，说：“艾迪，敬不在的朋友。”

“当然。”

“他不是你的朋友，但说来你可能不相信，他不是你的朋友，更不是我的朋友。但我们就这样祝酒，敬那些不在的朋友。上次我按你的意思祝了酒，这次你要按我的意思祝酒。”

“随你的便。”

“敬不在的朋友。”我说。

我们喝了酒。放松几天之后，这酒似乎更有冲劲了。不过，我确实没有失去对酒的兴趣。一杯酒顺顺当当下了肚，让我深刻意识到我是谁。

我说：“你觉得会查出是谁干的吗？”

“想要我直言不讳吗？”

“你以为我要你对我撒谎吗？”

“我不这么以为。”

“所以？”

“马特，我想他们永远不会查明是谁干的。”

“他们会下力气查吗？”

“我想不会。”

“如果是你的案子，你会吗？”

他看了我一眼。“好吧，我跟你实话实说，毫不保留。”他略加思索，说道，“我不知道。我想我应该试试。我想有些——我想，我想一定是我们自己人干的。除了自己人，你还能想到是谁，对吧？”

“对。”

“不管是谁干的，他就是个白痴，彻头彻尾的白痴，给警局造成的伤害比布罗德菲尔德所希望的还大。不管是谁干的，都应该被绞死。如果是我负责这个案子，我愿意倾尽所有去对付那些浑蛋。”他垂下眼睛，“但说实在的，我不知道我是否会这么做。我想我还是会走走过场，到头来敷衍了事吧。”

“皇后区那边肯定会这么做。”

“我没和他们谈过，不晓得他们会怎么做。但如果他们不敷衍了事，我才会感到惊讶，你也才会感到惊讶。”

“啊哈。”

“马特，你打算怎么办？”

“我？”我凝视着他，“我？我该怎么办？”

“我的意思是，你打算去追查吗？我不知道追凶是不是个好主意。”

“艾迪，我为什么要多此一举？”我摊开手掌，“他又不是我表弟。何况又没有人雇我去追查杀他的凶手。”

“此话当真？”

“当真。”

“你这家伙真让人捉摸不透。我以为把你搞定了，但我没有。”他站起来，掏出钱往桌子上一丢，“这一轮我请了。”

“艾迪，留下来。再喝一杯。”

他那杯酒几乎没动过。“没时间了，”他说，“马特，你不必因为这事整天泡在酒瓶子里。借酒浇愁改变不了什么。”

“改变不了吗？”

“当然改变不了。你依然要生活，你不是还在与那个女人约会吗？你还要——”

“没有。”

“嗯？”

“也许我会再去见她。我不知道。很可能不会。她这个时候应该已经打电话来了。事情发生之后，你会想，如果这是真的，她会打电话来的。”

“我没听明白你的意思。”

但我不是和他说话。“我们占尽天时地利，”我继续说，“看起来我们会成为彼此生活中的另一半。如果曾经有机会的话，我敢说，随着今天早上的一声枪响，这个机会已经消逝了。”

“马特，我搞不懂你在说些什么。”

“你不懂我懂。也许是我的错。我们可能会再见面，我不知道。但不管见还是不见，都不会改变什么。人不可能改变世事。世事偶尔会改变人，但人无法改变世事。”

“马特，我得走了。少喝点，嗯？”

“当然，艾迪。”

那天晚上，不清楚是什么时刻，我拨通了她在森林山的号码。电话铃响了十几次，我才放弃，拿回一角钱。

我打了另一个号码。一个残留的声音说道：“七二五五。对不起，目前没有人在家。如果您听到提示音后留下您的姓名和号码，我会尽快给您回电话。谢谢。”

提示音响起，轮到我留言了，但我似乎想不出要说什么。